The Record of

재중
귀환록

되찾은 인연

푸른 하늘 장편 소설

FUSION FANTASTIC STORY

도서출판
청어
람

CONTENTS

Chapter 01
쓰레기 매립

"어쭈?"

조금 전 전희준의 집 앞에서 마주친 적이 있는 녀석이 재중이 다가오는 모습에 기가 막힌다는 표정을 지었다.

"저 미친놈 보게?"

보기에도 비리비리한 몸이다. 굳이 손에 들고 있는 장도리나 기타 도구를 쓸 필요도 없이 주먹 한 방이면 충분해 보였다. 그러니 웃으면서 다가오는 재중의 모습이 기가 막힐 수밖에.

"아, 귀찮게 하네. 장도리, 네가 처리해라."

웬만하면 전희준과 그 딸만 끌고 가면 끝날 일이다.

그런데 재중이 중간에 끼어드니 짜증이 나는 것은 당연했다.

요즘 세상에 누가 남의 일에 나선단 말인가? 거기다 사채업자들을 상대로 말이다.

하지만 재중을 무작정 두들겨 팰 수도 없는 것이 녀석들의 입장이기도 했다.

보는 눈이 많았다.

아무리 달동네라고 해도 전희준과 그 딸은 빚진 돈을 받으러 왔다는 명분이 있기에 함부로 할 수도 있지만 생전 처음 보는 재중은 괜히 건드렸다가 긁어 부스럼 만들 수도 있었다. 해서 가장 인상이 험악하고 싸울 때 장도리를 자주 쓴다고 해서 장도리로 불리는 녀석을 시켜 먼저 보냈다.

"이봐~ 형씨."

장도리가 미간에 힘을 주고 재중을 한껏 노려보면서 삐딱하니 한마디 했다.

씨익~

"어쭈? 웃어? 하, 나 참."

동네에서 얼굴 하나로 먹어주는 장도리는 자신의 인상을 보고도 웃는 재중의 모습에 기가 찬다는 표정으로 혀를 찼다. 그리곤 손에 들고 있던 장도리를 들어 재중의 턱을 톡

톡 건드리기 시작했다.

장도리 끝의 날카로운 부분으로 말이다.

"괜히 남의 일에 끼어들지 말고 꺼져. 응? 괜히 피 보지 말고."

"남의 일이라……."

그제야 재중의 입이 열리더니 입가의 미소가 슬그머니 사라졌다.

"그런데 난 남의 일이 아닌데 어쩌지?"

"응? 뭔 개풀 뜯어 먹는 소리……."

털썩!

순간적으로 무슨 일이 일어났는지 아무도 본 사람이 없었다.

그저 장도리가 재중의 턱을 건드리면서 협박하는 것까지만 보았다.

그런데 갑자기 장도리의 눈이 뒤집히면서 흰자위를 드러내더니 그대로 줄이 끊어진 인형처럼 쓰러져 버린 것이다.

"……!"

장도리가 허물어지는 모습을 지켜본 녀석들은 순간 놀란 눈으로 재중을 쳐다보는데,

"은… 빛… 눈… 동… 자……?"

사채업을 하면서 지금까지 수많은 사람을 만나본 녀석들

이지만 아직까지 은빛 눈동자를 가진 사람은 본 적이 없다.

그리고 그저 검은 눈동자에서 은빛으로 바뀌었을 뿐인데 마치 꿰뚫어보는 듯한 분위기와 함께 무언가 어깨를 내리 누르는 압력을 녀석들 모두가 느끼기 시작했다.

덜덜덜.

"왜… 내가 떨고… 있지?"

자신이 왜 떨고 있는지도 모른 채 점점 온몸의 힘이 빠져 나가는 것을 느끼는 순간,

탱, 텅, 쨍그랑!

재중의 은빛 눈동자를 마주했다.

녀석들은 몸이 더 이상 자신의 것이 아닌 듯 미친 듯이 떨면서 손에 들고 있던 연장을 모두 놓아버렸고, 연장이 없 어진 손은 더욱 심하게 떨렸다.

저벅저벅.

마치 간질 발작을 일으킨 사람처럼 꼿꼿하게 선 채 온몸 을 떠는 녀석들에게 재중이 천천히 다가갔다. 재중은 내쉬 는 숨길마저 느낄 수 있을 만큼 녀석들 가까이 다가가 멈춰 서고는 말했다.

"쓰레기는 어디에 버려야 할까?"

섬뜩!

겨우 귀에 들릴 듯 말 듯 아주 작은 목소리였다. 하지만

녀석들에게는 마치 하늘에서 벼락이 치는 듯 머리를 뚫고 지나가는 듯했다.

드래곤 아이(Dragon eye).

간단하게 용안(龍眼)을 가리키는 말이다.

하지만 재중이 지금 사용한 드래곤 아이는 하나의 기술이기도 했다.

오직 드래곤의 피에 적응해 피의 각성으로 인간의 몸을 가지고 드래곤이 되어버린 재중만이 쓸 수 있는 기술이다.

눈빛으로 상대를 공포에 질리게 해서 꼼짝 못하게 하는 것이 바로 드래곤 아이라는 것으로 재중의 은빛으로 변한 눈동자가 바로 증거이다.

사람이 밀림에서 사자를 마주하면 순간 공포에 질려 몸이 굳어버리고 만다. 그건 맹수가 눈을 통해 살기를 뿜어내어 상대방을 제압하는 것인데, 드래곤 아이도 기본적인 원리는 그것과 비슷한 것이었다.

하지만 겨우 맹수 정도가 아니라 드래곤의 피를 각성하고 인간의 몸으로 드래곤의 힘을 가진 재중의 눈빛은 녀석이 감당할 만한 수준이 아니었다.

드래고니안과도 눈싸움에서 져본 적이 없는 재중의 눈빛이다. 재중은 이미 상대를 쳐다보는 것만으로도 공포를 뇌에 심어버리니 말이다.

하지만 대륙이 아닌 이곳에서 드래곤의 힘을 끄집어낼 수는 없었다.

대륙에서도 소드 마스터라는 기사의 정점에 있는 존재도 진정한 드래곤 아이를 상대로 가까스로 버티는 정도였다. 이곳 지구의 평범한 조폭이라면 드래곤 아이의 살기를 버티기는커녕 재중과 눈이 마주하는 순간 칠공(七孔)에서 피를 흘리면서 그 자리에서 즉사해 버릴 것이다.

그렇기에 본래 드래곤 아이를 사용했을 때처럼 붉은 눈동자가 되는 것이 아니라 나노 오리하르콘을 이용해 은빛의 눈동자가 된 것이다. 나름대로 위력을 많이 약화시킨 것이라 할 수 있었다.

물론 거의 1/100로 위력을 줄인 드래곤 아이지만 지금 보다시피 조폭들이 버티기는커녕 오줌까지 지리는 녀석이 나왔다. 위력을 많이 줄였지만 역시나 이 정도도 강한 녀석들에게는 충격으로 다가왔을 것이다.

나름 최대한 드래곤의 힘을 억제해서 사용했지만 역시나 지금까지 자신의 힘을 억제하면서 써본 적이 없는 재중에게는 시간이 필요할 듯했다.

물론 군이 드래곤 아이를 사용한 것도 어차피 죽어도 상관없을 쓰레기들이기에 시험 삼아 해본 것이다.

녀석들을 손쉽게 제압은 한 상태였다.

그리고 이제 녀석들을 어떻게 처리할까?

재중은 잠시 고민에 빠졌다. 옆에 테라가 없기 때문에 자신이 직접 처리해야 하기 때문이다. 그러다 문득 좋은 생각이 난 듯 미소에서 살기가 흘러나오더니,

"역시 파묻는 게 낫겠어."

오른발을 들었다가 힘껏 내려찍었다.

쾅!

"……!!"

아스팔트에 재중의 오른발 발자국이 마치 찰흙에 남긴 흔적처럼 선명하게 찍혔다.

바로 코앞에서 그 모습을 본 녀석도 결국 오줌을 싸버리고 말았다.

인간이 아스팔트에 족적을 남긴다는 것은 상상해 본 적도 없는 조폭들은 너무나 충격적인 모습에 머릿속이 하얗게 변해 버렸다.

그런데 당장에라도 자신들의 목을 비틀어 버릴 것 같던 재중이 돌연 몸을 돌려 천천히 걸어 전희준과 그의 딸에게 가는 게 아닌가?

거기다 겁에 질린 그녀와 그녀의 딸을 조심스럽게 다독이고는 천천히 걸어서 녀석들을 지나쳐 간다.

그때였다.

녀석들의 떨리던 몸이 더 이상 떨지 않고 굳었던 몸이 풀린 것이 말이다.

"혀, 혀, 형님……."

가장 선두에서 재중과 마주했던 녀석의 옆에 있던 녀석이 형님을 불렀다.

부하가 부르는 소리에 턱을 떨면서 대답은 했지만,

"왜, 왜 불러, 쌔꺄."

떨리는 턱만큼 발음이 이상할 수밖에 없었다.

"어쩌죠? 저년을… 데리고 가지 않으면……."

재중이 데리고 가버린 전희준을 데려가지 않으면 자신들이 고스란히 독박을 써야 하는 상황이었기에 녀석은 울상이 되어서 형님에게 애원하듯 물어보았다. 하지만 돌아오는 것은 짜증 섞인 목소리뿐이었다.

"씨파! 그럼 니가 저 괴물 같은 놈이랑 붙어보든가!!"

오히려 지금까지 쌓여 있던 화를 부하에게 쏟아버리는 녀석이다.

"그냥… 그렇다는 거죠."

"아, 씨파! 오늘 일진 드럽네. 아니, 굿이라도 해야 되나. 젠장!"

생각도 하기 싫다.

재중의 은빛 눈동자를 떠올리는 것만으로도 다시금 오금

이 저려오면서 몸의 힘이 빠졌으니 말이다.

무엇보다 재중이 아스팔트에 선명하게 남기고 간 족적(足跡)을 보니 저절로 온몸의 땀이 식어버리는 느낌이다.

그렇게 온몸의 긴장이 거의 풀렸을 무렵.

쩌어억!

"…뭐지?"

재중으로 인한 공포 때문에 굳었던 몸이 풀리고는 있지만 아직 다리까지 풀리지는 않았기에 움직이지 못하던 녀석이었다.

재중이 남긴 족적을 가만히 보고 있는데 족적을 중심으로 균열이 가는 게 아닌가?

"설마……?"

아주 작게 시작된 균열이 곧 넓게 퍼지더니 순식간에 서 있는 자신들을 가득 채우고도 남을 만큼 넓게 벌어진다.

그것을 본 녀석의 뇌리에 재중이 했던 말이 갑자기 떠올랐다.

'역시 파묻는 게 좋겠어'라는 말이 말이다.

"아니겠지. 설마… 설마……."

녀석은 어색하게 웃으면서 이제는 가뭄에 갈라진 논바닥처럼 쩍쩍 벌어진 발밑 아스팔트를 보았다. 아니길 빌고 또 빌면서.

하지만,

쩌커커컥!

"으아가각!!"

균열이 더 이상 벌어질 수 없을 만큼 넓게 벌어졌을 때 갑자기 땅이 꺼져 버렸다.

마치 하늘에서 커다란 드릴로 뚫어버린 것처럼 원형의 기둥 모양으로 말이다.

불과 몇 초의 시간일까?

방금 전까지 있던 조폭들이 짧은 비명 소리만 남기고는 사라져 버렸다.

그리고 조폭들이 있던 자리엔 빈 구멍만이 남겨졌다.

그것은 사람들이 말하는 싱크홀이라는 것이었다.

나중에 소방차부터 시작해 구급차까지 와서 아래로 내려가 알아낸 깊이는 무려 60미터였다.

웬만한 고층 아파트 높이만큼 땅속으로 꺼져 버린 것이다.

"왜 싱크홀이… 이런 곳에?"

가장 마지막에 온 지질학자는 달동네에 느닷없이 싱크홀이 생겼다는 말에 급하게 달려와 보고는 할 말을 잃을 수밖에 없었다.

싱크홀이란 본래 자연현상이긴 했다.

기본적으로 싱크홀이 생기는 원리는 이러했다.

빗물이 퇴적층 평평한 지면 아래로 스며들어 지하수를 만들게 된다. 그리고 모래나 나뭇가지 등이 지하수와 함께 흐르면서 지하수가 지나가는 자리가 점점 커지면서 구멍을 키우게 되는 것이다.

그러다 갑자기 지반을 받치고 있던 지하수가 사라져 버리면 그동안 지하수가 감당하고 있던 압력을 빈 동굴이 고스란히 받게 되는데, 그중에서 가장 약하고 얇은 곳이 무너지면서 생기는 것이 바로 싱크홀이다.

가장 유명한 싱크홀이라면 벨리즈의 블루홀이라고 불리는 싱크홀이다.

대한민국은 지반이 단단하고 안전한 편이었는데 과도한 지하 개발로 지하수 등이 한꺼번에 빠져나가서 도시형 싱크홀이 발생하는 경우가 종종 있긴 했다.

하지만 지질학자가 본 이곳 달동네에는 지하수가 흐르지 않고 있었다.

아니, 싱크홀이 생겼다는 말을 듣자마자 달동네 주변 지역에 지하수 개발이 있었는지 찾아봤지만 반경 1킬로미터 내외로 지하수가 전혀 없는 곳이 바로 이곳 달동네였다.

한마디로 싱크홀이 만들어질 가장 기본적이 조건도 없는 곳에서 싱크홀이 생겼으니 놀랄 수밖에 없는 것이다.

그저 다른 공사 중에 잘못된 실수로 비롯한 것이려니 하고 왔다가 어디를 봐도 싱크홀과 똑같은 모습에 한동안 멍하니 쳐다보기만 했다고 한다.

땅이 꺼지면서 사라진 열 명의 조폭이 모두 흙 속에 파묻힌 채 시체로 발견된 것은 다섯 시간이 더 흐른 뒤였다.

그리고 달동네에서 전희준과 그녀의 딸이 누군가의 손에 이끌려 사라졌다는 것은 사람들의 기억 속에서 자연스럽게 잊혀갔다.

그날 저녁, 뉴스마다 난리가 났다.

지하수가 흐르지 않는 곳에 싱크홀이 생긴 것은 전 세계적으로 처음 있는 일이었으니 말이다.

하지만 달동네에서 한참 떨어진 곳에서 뉴스를 가만히 지켜보던 테라는 눈을 게슴츠레하게 뜨고 재중을 보았다.

―마스터가 하셨죠?

뉴스에서 달동네 싱크홀에 대한 이야기를 하는 것에 재중은 그저 싱긋 웃으면서 고개를 끄덕였다.

―역시……. 그런데 힘을 많이 억제하셨나 봐요? 겨우 10미터 지름밖에 되지 않는 걸 보면요.

오히려 테라는 재중이 만든 싱크홀의 크기가 작다는 것이 의외라는 듯 놀라고 있다.

테라가 알고 있는 재중의 능력이면 성채 크기 정도를 땅

속으로 파묻어 버리는 것은 일도 아니었으니 말이다.

　—하지만 깊이가 60미터라니, 후후후훗.

　넓이가 좁긴 했지만 역시나 재중은 재중이었다.

　60미터나 땅속으로 거대한 드릴로 뚫은 것처럼 굴을 파
버렸으니 말이다.

Chapter 02
여동생을 찾아서

―그보다…….

　더 이상 볼거리가 없다는 듯 뉴스를 꺼버린 테라가 문 닫
은 카페 안에 조용히 앉아 있는 전희준과 그녀의 딸 윤비아
를 힐끗 쳐다보면서 재중에게 말을 이었다.

　처음에 테라는 전희준과 그녀의 딸을 데리고 온 재중을
보고 여동생을 찾아 데려온 줄 알고 호들갑을 떨었다.

　그런데 웬걸? 전희준이 자신은 아니라고 말하는 게 아닌
가?

　그래서 재중에게 확인하자 재중도 여동생이 아니라고

했다.

"우선 지하에 방 남은 것 중에 하나에 머물 거야."

—마스터가 그러길 원하신다면야······.

어차피 지하에서 생활하는 사람은 재중 혼자이고 방은 남으니 딱히 상관은 없었다.

다만 테라가 관심을 가지는 것은 여동생을 찾으러 나갈 때의 재중과 지금 전희준과 그녀의 딸을 데리고 온 재중의 느낌이 미묘하게 다르다는 것이다.

"왜?"

—마스터, 어째··· 분위기가 좀 바뀐 것 같은데요?

분명히 테라가 봤을 때 자신의 마스터가 맞았다.

세상 어디에 피의 각성을 한 인간의 몸을 한 드래곤이 있겠는가?

그리고 테라가 그걸 못 알아볼 리도 없고 말이다.

다만 뭐라 설명하기 애매하게 변했다는 것을 느끼기에 물어보는 것이다.

"나? 모르겠는데?"

—음.

테라도 뭔가 재중이 살짝 변했다는 것이 느껴지는데 그게 무엇인지 정확하게 꼬집어 말할 수 없기에 그냥 그러려니 하고 넘겨 버렸다.

가디언이라고 해도 재중의 미묘한 감정의 변화까지 알아
내기에는 무리가 있었기에 우선 카페 지하로 통하는 문을
열고 들어갔다. 그때,

움찔.

전희준이 지하로 들어간다는 것을 알고는 겁먹은 듯 몸
을 움찔거렸다.

아무래도 컨테이너에서 생활을 한 것도 있고 그밖에 재
중이 모르는 무언가가 있는 듯했지만 카페의 특성상 지상
에 방을 만들기 애매해서 지하에 만들었기에 어쩔 수가 없
었다.

"괜찮아요. 카페라서 따로 주거 공간을 만들기 애매해서
지하에 만든 거니까요."

"…죄송해요."

자신 때문에 재중이 신경 써준 것에 미안한지 고개를 숙
여 인사한 전희준이다.

전희준이 딸 비아를 데리고 재중을 따라 카운터 뒤쪽에
있는 문을 열고 들어섰다.

그런데 막상 지하로 통하는 문을 지나 깔끔한 계단을 내
려와 지하 공간의 문이 열렸을 때, 전희준은 놀랄 수밖에
없었다.

그녀의 눈에 비친 것은 도저히 지하에 만든 방으로는 생

각하기 힘든 광경이었던 것이다.

"이, 이게… 지하예요?"

그녀가 생각한 지하란 곰팡이에 햇빛이 잘 들지 않는 구조의 특성상 습기가 가득한 곳이었다.

지하에 있는 방에서 생활해 본 사람은 잘 알고 있을 것이다.

분명히 잠을 잤는데도 몸이 무거워서 끝없이 잠을 자게되는 것을 말이다.

특히나 창문마저 없는 지하라면 언제 해가 뜨고 언제 해가 지는지조차도 알지 못하기에 스무 시간 넘게 자는 경우도 제법 많았다.

고아원을 나와 힘들게 겨우 벌어먹고 살던 그녀는 남편을 만났지만 남편 또한 넉넉지 않은 상황이라 지하 셋방에서 신혼을 시작했었다.

때문에 그녀는 지하라는 곳이 어떤 곳인지 너무나 잘 알고 있었는데, 재중이 안내한 지하는 그녀의 고정관념을 완전히 날려 버렸다.

그녀가 생각한 지하라는 생활 공간이 이렇게도 바뀔 수가 있다는 것을 보여주었다.

그만큼 재중의 카페 지하는 그녀에게 신선한 충격을 주기에 충분했다.

살랑~

"바람?"

거기다 어디서 불어오는지는 모르지만 잔잔하면서도 기분 좋은 바람이 지하의 방 안으로 끊임없이 불어오고 있었다.

"나름 살 만하죠?"

"네? 이 정도면… 너무 좋아요."

그녀가 TV로만 보던 주방에다가 거실에는 70인치가 넘어 보이는 커다란 벽걸이 LED티브이까지 있었다.

그뿐인가, 거실을 중심으로 방이 모두 네 개가 있는데 그녀들이 지낼 방이라며 안내된 방에는 커다란 킹사이즈 침대와 함께 화장대에 장롱, 거실의 것보다 조금 작지만 TV까지 준비되어 있었다.

조금 거짓말 보태서 딸 비아가 숨바꼭질을 해도 될 만큼 방이 컸고, 모녀는 그저 몸만 들어가서 지내면 될 정도 모든 게 구비되어 있었다.

"엄마, 저기 목욕하는 거 있어."

"응? 헉!"

딸의 말에 화장실 문을 열어본 그녀는 순간 자신이 호텔에 와 있는 건가 하는 착각마저 들었다.

정리정돈이 잘되어 있는 목욕 용품부터 네 명이 들어가

서 반신욕을 해도 될 만큼 커다란 욕조까지.

지금까지 그녀가 평생 자본 적이 없는 호텔이 아마 이런 모양일지도 모를 만큼 너무나 화려한 방이었다.

놀란 전희준이 황급히 재중을 돌아보았다.

"손님용이에요. 아직까지 쓸 사람이 없어서 빈방이니 한동안 이곳에서 지내세요."

"…네."

전희준은 차마 아니라고는 말하지 못했다.

자신 혼자라면 얼마든지 카페 구석에 웅크리고 자도 상관없었다.

하지만 딸 비아가 있기에 차마 그러지 못했다.

그동안 컨테이너에서 태어나 그곳에서 자란 딸이 태어나 처음으로 침대에서 잔다는 말에 좋아하고 있었다.

거기다 커다란 욕조를 보고 좋아서 그 안에서 웃는 딸의 얼굴을 보고 있노라니 도저히 거절할 수가 없었다.

"전희준 씨."

"네."

"저도 고아원 출신입니다."

"아, 그래서……."

전희준은 그저 잃어버린 여동생을 찾는 줄로만 알았지 재중이 고아원 출신이라는 것은 모르고 있었다.

그저 성공한 사람이 헤어진 가족을 찾는 정도로 생각했었다. 다만 그동안 그녀가 사람을 상대하면서 느낀 느낌과 경험으로 재중을 믿어보자는 생각에 따라나선 것이다.

처음 이 카페를 봤을 때 그녀는 잘 따라왔다고 생각할 정도였다.

그만큼 화려하진 않지만 아담한 게 마음에 들었던 것이다.

그녀는 이 정도 카페를 차리려면 돈이 몇 억은 있어야 한다는 것을 잘 알기에 그저 성공한 사업가가 잃어버린 여동생을 찾는 줄로만 알았다.

하지만 재중의 입에서 자신도 고아원 출신이라는 말이 나오자 왜 자신에게 손을 내밀었는지 이해가 되었다.

혼자가 되는 아픔은 혼자가 된 사람만 아는 법이다.

그래서 자신에게 손을 내밀었다는 것이 어렴풋이 이해가 된 것이다.

하지만 전희준은 자신이 만약에 재중만큼 돈을 벌고 성공했다면 과연 생전 처음 보는 여자와 딸을 맡겠다고 할 수 있을까 생각해 보고는 그저 웃을 수밖에 없었다.

자신이 재중처럼 할 자신이 없다는 것보다 그런 생각조차 해본 적이 없다는 것을 깨달았기 때문이다.

그저 삶에 지치고 하루하루가 힘들었던 그녀이니 어쩌면

그녀의 탓만도 아니다.

하지만 왠지 부끄러운 것은 어쩔 수 없었다.

같은 고아원 출신이지만 젊은 나이에 성공한 재중을 보고 있노라니 자신은 과연 무엇을 했는지 되돌아보게 되었으니 말이다.

딸 비아를 보고 무언가 생각에 잠겨 있던 전희준의 흔들리던 눈동자가 안정되기 시작한 것도 이때였다.

아무도 모르게 그녀 스스로 변화를 시작한 것이다.

　　　*　　　　*　　　　*

다음날 재중은 바로 두 번째 여동생으로 생각하던 신지영을 찾아갔지만 그냥 중산층 주부의 모습이었다.

만약에 재중의 동생인 선우연아였다면 당연히 재중의 피가 반응했을 텐데 전혀 반응이 없었던 것이다.

오히려 신지영은 재중이 찾아가서 고아원 이야기를 꺼내자 매몰차게 아니라고 말하고는 두 번 다시 찾아오면 신고하겠다고 했다.

그녀에게는 자신이 고아원 출신에 입양된 양녀라는 것이 잊고 싶은 과거였고, 그런 그녀에게 재중의 등장은 결코 반가운 일이 아니어던 것이다.

의외로 두 번째가 허무하리만큼 간단하게 끝나 버린 후 재중은 조용히 카페로 돌아왔다.

이제 남은 세 명을 찾아야겠지만 국내와 달리 국외라 나가는 것이 아무래도 당장은 힘들었다.

무엇보다 재중이 비자를 신청하고 발급받아서 가야 하는 만큼 어쩔 수 없이 시간이 걸릴 수밖에 없다.

테라가 자신의 마법으로 텔레포트를 하면 간단하다면서 큰소리쳤지만 불과 1분 만에 당장은 불가능하다는 것을 깨달아 버렸다.

—좌표를 모르겠어요, 마스터.

"괜찮아. 한 번도 가본 적이 없는 곳으로 텔레포트가 되리라고는 생각지도 않았으니까."

—네. 죄송해요, 마스터.

아무리 테라가 드래곤의 모든 지식을 가진 마도서라고 해도 가본 적도 없는 곳으로 텔레포트를 할 수는 없었다.

최소한 좌표라도 알고 있어야 했지만 그것마저도 지구와 대륙의 술식이 달랐기에 결국 재중이 가본 적이 있거나 테라가 가본 적이 있는 곳만 텔레포트가 가능한 것이다.

물론 여권만 있으면 미국은 이제 비자 없이도 90일은 여행이 가능했다.

그런데 여권을 신청하고 만드는 시간이 의외로 제법 걸

린다는 것을 알고는 재중도 잠시 고민해야 했다.

군이 일주일 정도 걸리는 여권을 신청해야만 하느냐에 대해서 말이다.

―마스터, 그럼 제가 그곳으로 가서 텔레포트 좌표를 만들어서 모실게요.

테라의 말에 잠시 그녀의 얼굴을 바라본 재중은 미안한 표정을 지었다.

"역시 그것밖에는 방법이 없겠지?"

여권을 발급받아서 가는 것이 아니라도 방법이 있는데 가만히 앉아서 기다리기에는 왠지 시간낭비 같다는 생각이 들었다.

결국 번거롭더라도 테라가 직접 미국과 캐나다, 그리고 알래스카를 가서 텔레포트 좌표를 알아낸 다음 재중과 함께 움직이기로 했다.

그동안 힘들게 찾아다닌 여동생을 찾을 수 있다는 기대감 때문인지, 홀로 찾아다니면서 기다린 시간보다 여권을 신청해서 발급받는 며칠 동안의 기간이 더더욱 갑갑하게만 느껴졌으니 말이다.

―마스터, 그럼 다녀올게요.

마치 동네 산책을 나가듯 가볍게 뛰어오른 테라의 몸이 점점 빠르게 하늘로 솟구쳤다.

그리고 잠시 뒤 재중의 눈으로도 잘 보이지 않을 만큼 높이 올라간 뒤 빠르게 사라져 버렸다.

아메리카 대륙을 향해서 말이다.

그런데 불과 30분 정도 되었을까?

―짠~ 테라 다녀왔습니다!

라는 활기찬 목소리와 함께, 테라가 마치 함박눈을 한껏 맞은 듯 머리 위에 눈이 쌓인 모습으로 재중의 눈앞에 나타났다.

"빠르구나."

재중은 적어도 몇 시간은 걸릴 줄 알았는데 겨우 30분 남짓 만에 돌아온 모습에 조금 놀라서 물어봤다.

―까짓것, 그냥 실드 치고 미친 듯이 날았어요. 호호호호호! 어차피 저에게 그런 것쯤이야 애들 장난 수준 아니겠어요? 호호호호호!

자신의 능력에 이 정도는 애들 장난 수준이라고 자랑하는 모습에 피식 웃어버린 재중이다.

가끔씩 재중이 잊어서 그렇지 테라는 그의 가디언이기도 하지만 대륙에서는 드래고니안을 상대로 맞장 뜬 유일한 마법사였다.

재중처럼 나노 오리하르콘을 이용해서 마법을 무효화시킨 것이 아니라 드래곤 외에는 마법에 대해서는 적수가 없다고 알려진 그 드래고니안을 사냥한 마법사 말이다.

　─바로 가실 거죠?

　"당연하지."

　─그럼 마스터를 편하고 안전하게 모시는 테라 여행사의 예쁜이~ 테라입니다~

　한껏 애교까지 부리면서 재중의 팔짱을 낀 뒤 테라의 입에서,

　─텔레포트~

　라는 단 한 마디가 나오자 그대로 사라져 버린 재중과 테라였다.

Chapter 03
외국으로

우선 가장 먼저 간 곳은 미국이었다.

정확하게 말하자면 미국의 LA에 도착해서 주소를 보고 찾아갔다.

그곳에서 20대 후반의 여성을 만난 재중은 그녀를 보자마자 대번에 여동생이 아니라고 판단했다.

피가 반응하지 않은 것이다.

재중이 너무나 간절하게 원했기 때문일까? 드래곤의 피가 각성하면서 특이하게 같은 핏줄에 대해서는 그 어떤 유전자 검사를 하는 것 이상으로 정확하게 재중의 피가 반응했다.

그런데 지금 이 여자에게서는 그런 반응이 전혀 없었다.

하지만 그래도 의례적인 질문을 해보긴 했다.

"선우연아라는 이름을 아십니까?"

그에 그녀는 한국에 있을 때의 이름을 기억하고 있다면서 고개를 저었다.

한 명씩 찾아간 여자들에게서 아니라는 말을 들을 때마다 실망이 커지는 것은 어쩔 수가 없었다.

─마스터.

왠지 처연해 보이는 재중의 미소에 테라가 슬쩍 다가와 팔짱을 꼈다.

─아직 두 군데나 남아 있어요.

"그래, 아직 남았지."

실망하기는 아직 이르다는 듯 자신을 위로하는 테라의 모습에 재중은 그녀의 머리를 쓰다듬어 주었다.

테라의 위로와 함께 다음 목적지인 캐나다에 가기 위해 가까이 구석진 곳으로 움직였다.

사람들 눈앞에서 텔레포트 할 수는 없기 때문이다.

재중이 어두운 골목으로 재중이 들어섰을 때, 마치 기다렸다는 듯 붉은 불빛이 번쩍였다.

탕!!

순식간이었다.

진한 화약 냄새가 사방에 풍겼다.

당연히 무방비 상태였던 재중의 머리가 크게 튕기더니 그대로 쓰러져 버렸다.

─마스터!!

갑작스런 재중의 모습에 테라가 놀라서 황급히 곁으로 다가가려고 하는 순간, 어둠 속에서 낯선 목소리가 들렸다.

"헤이~ 예쁜 아가씨, 오늘 내가 좀 외로운데 좀 도와줄 수 있어?"

방금 전 총알이 발사된 듯 진한 화약 냄새가 가득한 권총과 함께 건장한 체격의 흑인 남자 하나가 테라의 눈앞에 나타났다.

오로지 욕망에 가득한 눈동자를 번뜩이면서 말이다.

녀석은 지금까지 권총 하나만 믿고 강도짓을 했지만 잡힌 적이 없었다.

당연히 여행객만 골라서 처리했기에 그런 것이다.

그도 처음 권총으로 살인했을 때는 무서웠다.

그런데 범죄라는 것이 반복되면 반복될수록 오히려 무감각해졌다. 무엇보다 미국의 범죄 검거율이 낮다는 것도 어느 정도 한몫했다.

어찌 된 일인지 그가 죽인 여행객의 수사가 대충 수박 겉

홧기식으로 끝나 버린 것이다.

'오~ 원숭이들은 죽여도 별관심이 없네?'

상황이 자신에게 유리하게 돌아가자 당연히 녀석의 머릿속에 든 생각은 여행객, 특히나 아시아인은 죽여도 별관심이 없으니 마음껏 저질러 버리자는 것이었다.

자국민은 어떻게든 수사를 해서 밝혀내지만 관광객, 특히나 아시아 계열은 보여주기 식의 수사만 하고 종결짓는 것을 깨닫게 됨은 놈의 깊은 곳에 잠들어 있던 악마가 깨어나는 계기가 되었다.

당연히 지금까지처럼 눈앞에 있는 매력적인 테라도 자신이 원하는 만큼 안고 나서 사창가에 팔아버릴 생각이다.

그런데,

"내가 천국이 뭔지 보여주……?"

이제 이 멋진 여자를 자신이 눌러주는 것으로 오늘 하루를 끝내려고 권총을 가까이 대는 순간,

─겨우 네놈 따위가! 네놈 따위가!!

쐐에에에엑!!

"허걱!!"

흑인은 무언가 차가운 바람이 불고 지나갔다고 느끼는 순간 몸이 움직이지 않는다는 것을 알았다.

그는 금방 온몸에 느껴지는 추위와 함께 왜 몸이 움직이

지 않는지 알 수 있었다.

뭔가 차갑다고 느끼는 순간 이미 모든 상황은 끝나 버린 것이다.

그 모습이 마치 커다란 물속에 들어간 채로 얼어버린 듯 흑인의 몸을 완전히 투명한 얼음이 감싸 버린 듯했다.

그걸로 끝이었다.

음흉한 눈동자를 한 채 얼어 고통도 느끼지 못한 채 죽어 버린 것이다.

그것도 올해 가장 더운 날로 기록된 LA에서 말이다.

—마스터!!

흑인을 순식간에 얼려 버린 테라가 재빨리 넘어진 재중의 곁으로 다가갔다.

그러나 고개를 돌린 테라의 눈에는 이미 일어서서 머리를 털고 있는 재중의 모습이 보였다.

—마스터, 걱정했잖아요.

"아, 나도 지금 골이 좀 띵하네."

재중은 머리에 총알을 맞고도 마치 별일 아닌 듯 고개를 몇 번 흔들더니 눈가를 살짝 찌푸리고 있었다.

"아, 총이란 것이 이런 느낌인 걸 처음 느껴보네."

재중은 사람이 있다는 것은 알고 있었다.

하지만 다짜고짜 권총을 쏘리라는 것은 전혀 예상하지

못했다.

무엇보다 흑인에게서 죽이겠다는 강렬한 살기가 느껴지지 않았기에 더더욱 무방비 상태로 당해 버린 것이다.

물론 총알이 발사되는 순간 재중의 몸속 나노 오리하르콘이 빠르게 반응해 재중의 피부를 오리하르콘화 시켜 버려 상처는 없었다.

하지만 총알이 주는 충격만큼은 어쩔 수 없었는지 꼴사납게 나가떨어진 것이다.

"미국은 미국이구만. 이건 뭐, 강도질도 우선 쏴 죽이고 보다니, 나 참."

이렇게 황당하게 당한 것은 사실 재중이 방심한 탓도 있었다.

지구는 대륙과 다르고 더 이상 자신의 위협할 만한 존재가 없다는 자만심 때문이다.

또한 미국과 한국의 생활환경 때문에 더욱 무방비로 당한 면도 있었다.

한국은 총은커녕 칼만 가지고 다녀도 의심받는 나라다.

당연히 그런 나라에서 태어나고 자란 재중이 총이란 것이 피부에 와 닿을 만큼 가깝게 느껴질 리가 없었다.

더욱이 대륙으로 넘어가 산 100년 동안도 총은커녕 칼만 들고 설쳤으니 말이다.

은연중에 '설마 내가 총 맞을 일이 있을까?' 하는 안일한 마음을 가지고 있다가 어이없이 당한 것이다.

마치 한국에서 운전면허를 따듯 총기 소지 허가증만 있으면 여자든 남자든 합법적으로, 그리고 불법이라도 마음만 먹으면 얼마든지 총을 구할 수 있는 미국에 전혀 면역이 없었다.

─마스터, 옷부터 어떻게 해야겠어요.

넘어지면서 바닥의 진흙에 옷을 버린 재중의 모습에 작은 안도의 한숨과 함께,

─클린(clean), 워싱(washing).

간단한 마법 한 방으로 깨끗하게 만들고는 그대로 텔레포트 해버리는 테라였다.

정말 이번만큼은 테라도 흑기병을 카페에 두고 온 것을 후회하는 중이다.

흑기병이 재중의 곁에 있었다면 저깟 권총이 아니라 전쟁이 벌어져도 재중이 이처럼 총에 맞아 넘어지는 일 따위는 절대로 없었을 테니 말이다.

테라 자신이 옆에 있으면서도 재중이 총에 맞았다는 것을 만약에 흑기병이 알기라도 하는 날에는 얼마나 무시를 받을지 생각하니 골이 지끈거려 왔다.

뭐, 재중의 성격상 웃어 넘겨 버린 미국에서 벗어나 곧바

로 캐나다로 넘어갔지만.

＊　　＊　　＊

"여기도 아니었군."

눈이 가득 쌓여 있는 캐나다의 설산 위에서 재중이 한숨을 내쉬었다.

기대 반, 걱정 반으로 캐나다로 입양되었다는 여성을 찾는 것은 오히려 미국에서보다 쉬웠다.

금방 찾아냈다.

하지만 역시나 그녀도 아니었다.

재중의 피가 반응하지 않은 것도 있지만, 그녀도 자신의 한국 이름을 기억하고 있었다. 당연하게도 선우연아라는 이름은 들어본 적이 없다는 말에 재중은 미련 없이 돌아섰다.

재중은 마지막인 알래스카를 가기 전에 잠시 찬바람을 쐬고 싶은 마음에 가까운 산 위로 올라와 있는 중이다.

만약에 알래스카마저 아니라면 정말 최악의 상황까지 생각해야만 한다.

이미 죽었다고 들은 두 사람을 찾아보고 혹시라도 죽은 그녀들의 핏줄이 남아 있다면 피가 반응하는지 알아봐야 했다.

물론 그 두 명은 이미 죽은 사람이기에 DNA검사는 기본적으로 생각하고 있는 중이었다.

하지만 그렇게 찾으면 무슨 소용이 있겠는가?

그때는 이미 죽은 다음인데 말이다.

"제발……."

알래스카에 있는 남은 마지막 한 명도 아니라면 이미 죽은 두 명의 명단 중에서도 없기를 바라는 재중이다.

차라리 찾지 못해는 게 좋았다.

그저 어딘가에 살아 있을 거라는 희망이라도 있는 게 좋았으니 말이다.

"가자. 페어뱅크스로."

―네, 마스터.

재중이 지금 어떤 심정일지 대충 이해하는 테라는 조용히 텔레포트했다.

마지막 입양된 여자가 살고 있다는 알래스카의 행정 중심지라고 알려진 곳, 페어뱅크스로.

살을 찌르는 듯한 추위와 함께 눈에 보이는 것은 정말 눈밖에 없는 곳이었다.

재중이 텔레포트를 끝내고 도착한 페어뱅크스 외곽에서

처음 본 풍경이 딱 그러했다.

풍경만 보면 마치 사진을 찍어놓은 듯 고요하면서도 무언가 적막함이 느껴지는 곳이 바로 알래스카였다.

워낙에 큰 땅덩이와 달리 인구는 절대적으로 적은 곳이다.

1,518,800㎢나 되는 엄청난 면적에 미국의 49번째 주가 된 곳이지만 인구는 겨우 710,000명이 조금 넘었다.

간단하게 예를 들면 대한민국의 서울이라는 그 작은 곳에 천만이 넘게 모여 사는 것을 생각하면 알래스카에 얼마나 인구가 적은지 딱히 더 설명할 필요가 없다.

그래서 그런지 경비행기 택시가 운행할 만큼 자동차로의 이동은 정말 각오를 해야 할 만큼 넓은 곳, 그곳이 바로 알래스카였다.

재중이 있는 페어뱅크스가 알래스카에서는 두 번째로 큰 도시로 불리고 있지만 주변에 사람의 모습이라고는 전혀 보이지도 않는 것을 보면 정말 사람이 없는 곳이라는 말이 맞을 듯했다.

뽀득뽀득.

재중이 걸을 때마다 기분 좋은 눈 밟는 소리가 들린다.

그리고 그렇게 기분 좋은 소리를 들으면서 페어뱅크스 안으로 들어온 재중은 스마트 폰의 엄청난 위력을 실감할 수가 있었다.

전 세계의 모든 지도가 작은 스마트폰 안에 들어와 있다고 테라에게 듣긴 했었다. 하지만 과연 그게 무슨 도움이 될까 했던 것이다.

하지만 그건 재중의 오산이었다. 페어뱅크스 입구에서 스마트폰을 켜고 GPS를 켜 찾고자 하는 주소를 입력하자 불과 1분 만에 지도에 표시가 된 것이다. 지도를 따라가기만 했는데 재중이 찾고자 하는 집을 바로 찾을 수가 있었다.

"과학의 발달이 무섭긴 하네."

현재 세계로 돌아온 지 1년여가 지난 이제야 재중은 스마트폰의 위성 시스템을 사용한 구글 맵을 처음으로 사용하고서 과학의 발전을 피부로 느끼게 되었다.

똑똑.

"누구시죠?"

집안에서 사람의 기척이 느껴졌기에 재중은 서슴없이 현관문을 두드렸다. 맞이한 사람은 검은색 머리카락과 커다란 눈동자가 인상적인 여인이었다.

그런데 그 여인과 마주한 순간,

두근!

재중의 심장이 크게 한 번 뛰더니,

두근두근!

점점 심장이 뛰는 강도가 강해졌다.

그와 동시에 재중의 눈동자가 차분하게 가라앉았다.

재중은 피가 반응하자 너무나도 기쁜 마음에 저도 모르게 대뜸 여인을 향해 불쑥 말을 던져버렸다.

"드디어 찾았구나, 연아야."

"…누구… 신데… 제 이름을……?"

살짝 경계하는 듯한 연아와 달리 재중은 바로 알 수 있었다.

여인, 아니, 어느새 홀쩍 커버린 아가씨의 모습을 한 선우연아를 보는 순간 재중의 피가 먼저 반응했으니 말이다.

그리고 재중은 하늘에 감사했다.

무사히 연아가 무사히 잘 자라주었다는 것에 대해 말이다.

"나다. 선우재중… 오빠다."

"…오빠… 라니……?"

선우연아는 재중의 말을 듣고서야 재중을 찬찬히 살펴보았지만 고개를 갸우뚱거렸다.

하긴 입양되어 헤어질 때 연아의 나이가 겨우 여덟 살이었다.

그 나이에 오빠의 모습을 기억하고 있을 가능성이 과연

얼마나 될까?

재중도 애초에 연아를 찾더라도 연아가 너무나 변해 버린 자신의 모습을 얼굴만 보고 알아차리기는 힘들 거라 생각하고 있었다.

그래서 재중은 품 안에 손을 넣는 척하면서 테라의 아공간에 있는 사진 한 장을 꺼내 보여주었다.

"이건?!"

연아는 너무나 놀란 표정으로 사진과 재중을 몇 번이나 번갈아 보더니 눈가에 눈물이 맺혔다.

"정말… 제 오빠가 맞나… 요? 그런 건가요?!"

사진을 보자 무언가 기억이 난 듯한 연아의 말에 재중이 고개를 끄덕였다.

와락!

재중이 연아에게 보여준 것은 고아원 시절 찍은 것이었다.

고아원에서 오래 살지 않았기 때문에 현재 유일하게 남아 있는 재중과 연아 단둘이서 찍은 사진이기도 했다.

그리고 그 유일한 사진을 준 사람이 바로 박인혜였다.

박인혜는 재중이 말한 입양 기록을 찾으면서 우연히 재중이 있었다는 고아원에 대해서 알 수 있었다. 거기서부터 수소문을 하다가 고아원에 봉사활동 온 적이 있는 어떤 사람이 가지고 있던 것을 받아서 재중에게 전해준 것이다.

그 사람도 연아가 너무도 예쁘고 귀여워서 그냥 간직하고 있었다고 했다.

이제는 필름도 사라져서 세상에 남은 마지막 한 장의 사진이 되어버린 것을 찾아준 것이다.

연아도 사진을 보자 기억 저편에 있던 것이 떠올랐다.

자신도 잊고 지낸 선우재중의 존재를 말이다.

"미안하다. 찾는 데… 오래 걸려서……."

대낮에 페어뱅크스에서 남녀가 현관 앞에 서서 울며 서로 껴안고 있는 모습을 누가 봤다면 이상하게 생각했을 테지만, 역시 알래스카는 알래스카였다.

거의 10분가량 그렇게 재중과 연아가 서 있었지만 누구하나 지나가는 사람이 없었다.

Chapter 04
선우연아

또르르륵.

"마셔요. 몸이 좀 녹을 거예요."

거의 한참 동안 울던 연아가 겨우 진정해서 집으로 들어
와 커피를 대접하는 모습을 바라본 재중은 편안한 얼굴이
되어 있었다.

그토록 찾고자 했던 연아를 찾았다는 데 안도감이 들기
도 했고, 얼핏 집을 살펴봐도 나름 괜찮게 사는 것 같았으
니 말이다.

그리고 그런 재중의 생각은 정확했다.

연아를 입양해 간 부부는 알래스카로 이민을 간 사람이라고 했다.

이곳에서 슈퍼를 운영하던 그 부부 사이에 어린 딸이 있었는데, 알래스카로 이민 온 지 몇 년 되지 않아 눈길에 차가 미끄러지면서 사고가 났고, 재수 없게도 딸만 죽어버린 것이다.

그 괴로움을 조금은 잊고자 입양을 결심한 부부가 우연히 첫 번째로 찾은 고아원이 바로 재중과 연아가 있는 곳이었다.

선우연아를 본 부부는 마치 죽은 딸이 살아 돌아온 것 같은 느낌에 즉석에서 입양을 결정했다.

최태식은 지금까지 아이들을 팔아온 경력답게 높은 액수의 돈을 요구했고, 다른 사람이 연아를 데려가려고 한다는 말까지 흘렸다.

하지만 이미 연아에게 반해 버린 부부는 많은 돈이 들더라도 상관없었다.

다만 곧 다시 알래스카로 돌아가야 했기에 빠르게만 처리해 달라는 요구에 최태식은 그동안 아이들을 팔아온 경험을 모두 사용해서 거의 이틀 만에 일 처리를 하는 능력을 보여주었다고 한다.

사실 여덟 살인 연아도 그 부부를 따라 알래스카로 와서 처음에는 많이 울고 힘들어했었다.

하지만 역시 사람은 적응하는 동물이라는 말이 맞는지 알래스카에서 살아가면서 조금씩 적응하며 나이를 먹어감에 따라 자연스럽게 재중에 대한 것도 잊기 시작했다는 것이다.

그리고 몇 년 전 연아를 입양했던 부부가 먼저 떠나간 딸을 따라 교통사고로 죽어버리면서 현재 이 집은 연아 혼자 살아가고 있다고 했다.

"오빠는 뭐 했어?"

연아는 살아가는 데 너무나 바쁜 나머지 재중을 잊고 살았다.

찾을 생각조차 하지 않았으니 말이다.

물론 그게 연아의 잘못은 아니지만 막상 재중이 자신을 찾아오자 반가운 마음이 조금 가라앉으면서 미안한 마음이 들기 시작했다.

자신은 오빠를 찾을 생각조차 하지 않고 있었는데 정작 그 잊었던 오빠는 자신을 찾기 위해 알래스카까지 찾아왔으니 말이다.

"나? 그냥… 작은 카페를 하고 있어."

"한국에서?"

"응. 나도 먹고는 살아야 하니까."

그나마 재중이 잘 살고 있다는 말에 연아는 조금 마음이 안심되긴 했다.

물론 미안함이 사라진 것은 아니지만 말이다.

"그보다 날 어떻게 찾은 거야? 찾기 쉽지 않았을 텐데……."

연아는 스스로 물어보면서도 자신이 찾지 않았던 것이 부끄러운지 고개를 숙인다.

그 모습에 그저 재중은 그저 미소를 지었다.

"미안해할 것 없어. 넌 그때 너무나 어렸고 나도 어렸어. 그리고 지금은 이렇게 다시 만났잖아. 그럼 된 거야."

"알아. 그래서 더 미안한 거야."

연아는 재중의 말에 웃으면서도 재중의 손을 꼭 잡고 있다.

"그보다 넌 결혼은?"

연아의 왼손 손가락에 반지가 없어 재중이 슬쩍 물어봤다.

"아직……."

조용히 고개를 흔드는 연아다.

"왜? 적은 나이가 아닌데."

재중은 연아가 좋은 남자 만나서 결혼해서 가정을 이뤘을 거라 생각했던 것이다.

아니, 그렇게 기대를 했다는 것이 정확했다.

재중 자신은 자신에 대해 누구보다 잘 알고 있기에 이미 평범하게 여자를 만나 가정을 꾸리기는 힘들다고 판단하고 있었다.

오히려 그렇기에 연아만이라도 평범하게 가정을 가져서 오순도순 사는 모습을 기대했는지도 모른다.

하지만 정작 찾아온 연아는 혼자 살고 있었다.

그것도 2층이나 되는 커다란 집에서 말이다.

"그냥… 괜찮은 남자가 없었어."

"눈이 높은 건 아니고?"

재중의 장난스러운 말에 연아는 입가에 조금은 쓸쓸해 보이는 미소를 지었다.

"후훗, 그런가? 뭐, 어쩌다 보니 여태까지 혼자네."

처연해 보이는 표정, 그리고 슬픈 눈동자에서 재중은 연아가 자신에게 말하지 않는 무언가가 있다는 느낌을 받았다.

하지만 굳이 밝히고 싶어 하지 않는 듯한 연아의 모습에서 슬쩍 모른 척한 재중은 일부러 말을 돌렸다.

"괜찮은 남자 소개시켜 줘?"

"피이, 오빠야말로 아직이지?"

"어? 어떻게 알았어?"

"그거야 당연하지. 결혼한 남편을 이런 옷차림으로 알래스카까지 여행 보내는 아내가 있을 리 없으니까 말이야."

연아의 말에 자신의 옷을 잠깐 살펴본 재중은 그제야 아차했다.

재중은 초겨울에나 입을 법한 얇은 옷을 입고 있었다.

재중이 스스로 생각해도 알래스카로 여행 온 사람이라고 생각하기에는 이해가 안 가는 옷차림이긴 했다.

거기다 옷에 워낙에 신경을 쓰지 않는 성격이다 보니 평범하다 못해 직설적으로 말하면 후줄근한 편이었다.

사실 어느 와이프가 자기 남편이 해외 가는데 저런 차림으로 가길 바라겠는가?

연아는 그걸 정확하게 본 것이다.

"오빠야말로 위험한 거 아니야? 얼핏 계산해 봐도 서른세 살? 아니, 서른네 살인가?"

"서른세 살이야."

재중이 정확하게 짚어주자 연아는 일부러 과장되게 놀란 표정을 지었다.

하지만 일부러가 아니라도 대충 계산한 나이와 지금 재중의 외모가 너무나 이질감이 느껴질 만큼 젊어 보여 내심 많이 놀란 것도 사실이었다.

물론 아무리 외모가 젊어 보인다고 해도 결국 나이는 숨길 수 없는 법이다.

"오빠야말로 노총각이네. 이건 늦어도 너무 늦었잖아. 보기에는 20대 초반으로 보이지만 카페 차려서 먹고살 만할 텐데 왜 결혼을 안 했어?"

"너 찾느라고."

"······!"

재중의 간단한 한마디에 연아는 그만 입을 다물어 버렸다.

"그런 표정 짓지 마. 오빠가 동생을 찾는 건 당연한 일이니까."

아무렇지 않는 듯한 재중의 모습이 오히려 연아는 가슴 아프게 다가왔다.

아무것도 없는 고아가 혼자서 카페를 운영하면서 장가도 가지 않고 여동생을 찾으려 다닌다는 것이 생각 이상으로 힘들다는 것을 그녀도 알 만한 나이였다.

"그리고 곧 돌아가야 해."

"곧? 얼마나 빨리?"

재중이 바로 돌아갈 것처럼 말하자 놀란 연아가 물어봤다.

"사실 미국과 캐나다를 거쳐서 알래스카로 온 거야. 여기가 마지막이거든."

"설마 북미 쪽을 횡단한 거야?"

"응? 뭐 그렇게 되나?"

여권을 기다리기 힘들어서 어쩔 수 없이 텔레포트를 통해 공간이동을 했기에 재중 입장에서는 별일 아니었다. 하지만 연아는 당연히 비행기를 타고 움직였을 것으로 알고 있으니 놀라는 것이 당연했다.

"잠깐 시간 내서 연아 네가 맞는지 확인만 하러 올 생각이었거든."

"아, 그렇지."

재중도 연아의 얼굴을 보고서야 여동생이라는 것을 확신했다.

미리 알고 오지 않은 것이다.

하지만 말은 곧 돌아가야 한다고 했지만 몇 시간 동안 연아와 이야기를 나누면서 시간을 가졌고, 그 시간은 연아에게 재중이 자신이 오빠가 확실하다는 확신을 심어주게 되었다.

자신만 알고 있는 어린 시절의 고아원과 삼촌이라는 녀석이 나타나서 자신들을 고아원에 버린 것까지, 연아가 기억하고 있는 것과 재중의 말이 일치했다.

하지만 무려 20년이 넘게 헤어졌다 만난 사람이기에 재중은 연아의 눈동자에서 아주 희미하지만 약간의 의심이 남아 있다는 것을 느낄 수가 있었다.

그런 눈빛을 읽은 재중은 자신이야 드래곤의 피로 인해 알 수 있지만 연아는 그렇지 못하다는 것을 이해하고는 머리카락을 하나 뽑아 연아에게 내밀었다.

"뭐야? 왜 머리카락을?"

재중이 갑자기 머리카락을 뽑아 자신에게 내미는 것에 연아가 물어봤다.

"DNA 검사를 맡겨봐."

"오빠, 아니야! 난 믿어! 오빠가 내 친오빠라는 것을!"

마치 자신의 속마음 깊은 곳이 들킨 듯 연아가 크게 소리쳤지만 오히려 재중은 그런 연아를 보면서 차분하게 이야기했다.

"20년이 넘게 헤어졌다 만난 너와 나야."

"알아. 하지만 우린 남매야. 그리고 내 어린 시절 기억을 그렇게 자세하게 아는 사람은 오빠밖에 없어."

"알아. 하지만 가장 확실한 방법이 바로 DNA 검사잖아. 안 그래? 요즘은 머리카락 하나만 있어도 충분하다니까 네가 의뢰해 봐."

"오빠, 정말 이렇게까지 해야 해?"

자신은 잊고 지낸 오빠다.

반면 잊고 있던 자신과 달리 오빠는 계속 찾아다녔다고

한다.

그런데 막상 찾아온 오빠가 머리카락을 주면서 DNA 검사까지 하라고 하자 연아는 재중에게 너무나 미안해서 자기도 모르게 눈물을 흘렸다.

"으이구, 툭하면 우는 버릇은 나이가 들어서도 여전하구나."

진한 눈물을 흘리는 연아의 눈을 부드럽게 닦아주며 재중은 태연하게 웃었다.

재중이 연아에게 자신의 머리카락을 주면서 DNA 검사를 하라고 한 것은 아주 작은 의심조차도 없어야 했기 때문이다. 그래서 연아에게 맡긴 것이다.

거기다 현재 혼자 살고 있는 연아의 사정 때문이라도 주변의 시선을 의식할 수밖에 없었다.

그러니 재중이 생각하기에도 어느 날 갑자기 오빠라는 사람이 나타났다는 것을 주변 사람들이 가장 빠르고 확실하게 인식하는 방법은 DNA 검사밖에 없기도 했다.

"남들이 물어보면 자신 있게 말할 수 있게 검사를 의뢰해. 그리고 이쪽으로 전화를 걸어. 내 개인 휴대폰 번호야."

재중은 자신의 휴대폰 전화번호를 남겨주면서 한동안 눈물을 그치지 않는 연아를 달래야만 했다.

"오빠, 언제 다시 만나?"

한국과 알래스카는 확실히 먼 거리이기에 이번에 가면 언제 또다시 만날지 기약이 없었다. 그게 걱정된 듯 연아가 물어봤다.

"전화해. 내가 올 테니. 이래 봬도 나 제법 능력 있으니까."

"푸훗, 알았어. 그보다 공항에 데려다줘?"

가려는 재중을 배웅하려 같이 일어선 연아가 물어보자,

"아니야. 데리러 사람이 올 거야."

재중은 텔레포트로 왔기에 당연히 공항으로 가면 안 되기에 대충 둘러댔다.

"사람이 와? 아, 가이드와 같이 왔구나?"

대충 둘러댄 재중의 말을 의외로 금방 알아들은 연아였다.

재중은 몰랐지만 보통 개인적인 일정으로 해외를 여행할 때 개인 가이드를 고용하는 것이 일상적인 외국이다.

특히나 알래스카는 워낙에 땅은 넓지만 사람이 적다 보니 관광차 여행 올 만한 곳이 아니라는 것을 알았고, 거기다 개인적으로 가이드를 고용해서 알래스카로 오는 사람이 제법 많았기에 그렇게 대답한 것이다.

"응? 아, 뭐, 그런 셈이지."

재중이 얼떨결에 고개를 끄덕이며 대답하고는 얼른 연아

의 배웅을 막고 집안으로 들여보냈다.

연아를 억지로 들여보낸 뒤 천천히 걸어서 페어뱅크스를 벗어났다.

─마스터, 축하드려요!

여동생과의 재회를 방해하지 않기 위해 테라는 입양된 사람을 만날 때마다 일부러 재중의 그림자 속에 숨어 있었다.

매번 아니라고 할 때마다 재중과 같이 가슴 아파했지만 드디어 찾은 것이다.

그토록 찾아 헤맨 여동생을 말이다.

"네 덕분이다."

─호호호호, 맞아요. 그러니 저 많이많이 예뻐해 주세요.

테라는 재중이 기분이 좋다는 것을 틈타 옆에 찰싹 붙었다. 고양이처럼 온갖 애교를 부리면서 오랜만에 재중의 곁에서 마음껏 하고 싶은 대로 하는 중이다.

"그보다, 테라."

─네, 마스터~

"연아의 주변을 알아봐 줘."

─네? 설마 동생 분에게 무슨 일이라도……?

"아무래도 나한테 말하지 않는 무언가가 있는 것 같아. 그리고 연아를 보호할 만한 수단도 필요하고 말이야."

―음.

재중의 말을 들은 테라는 잠시 생각하더니, 무언가 결심한 듯한 표정과 함께 미소를 지으면서 대답했다.

―그럼 오랜만에 좀 쓸 만한 패밀리어를 만들어야겠네요.

"패밀리어를?"

―제가 누구예요. 테라예요. 호호호호홋, 제 인생 최고의 패밀리어를 만들어서 작은 마스터의 그림자 속에서 언제든지 지켜 드리도록 할게요.

"작은 마스터? 후후훗, 뭐 그렇게 되는 건가?"

테라가 연아를 작은 마스터라고 부르는 것에 재중은 잠깐 낯설었지만 생각해 보니 나름 적당한 호칭이라고 여겨졌다.

그리고 테라가 자신의 부탁에 저렇게나 자신만만하게 말할 정도의 패밀리어라면 결코 그냥 쉽게 만드는 허술한 녀석은 아닐 것이라는 것을 알고 있다.

테라는 자신의 지식이 위험하다는 것을 누구보다 가장 잘 알고 있는 녀석이다.

그래서인지 웬만해서는 재중의 부탁이라도 대륙에서는 드래곤의 지식을 꺼내서 사용하지 않는 편이었다.

그런데 이번에 연아에게는 자신의 인생 최고의 패밀리어

를 만든다고 했으니 당연히 드래곤의 지식을 사용할 것이 뻔했다.

신이 만든 최고의 존재라는 드래곤, 그리고 그 드래곤의 모든 지식을 가지고 있는 테라가 과연 어떤 녀석을 만들어 낼지 내심 궁금하기도 한 재중이다.

물론 테라가 스스로 자신만만하게 말했다면 걱정은 할 필요도 없지만 말이다.

"그리고 나 대학 가야겠다."

—네? 마음이 바뀌었어요?

고등검정고시를 수석으로 패스했지만 재중은 딱히 대학을 가겠다는 생각이 없었다. 그렇기에 테라는 속으로만 혼자 어떻게 재중을 설득해서 최고의 대학을 보내야 할지 고민하고 있었는데, 연아를 만나고 나서 재중이 먼저 대학을 가겠다고 한 것이다.

당연히 대환영이었다.

연아를 만난 뒤 재중은 생각이 바뀔 수밖에 없었다.

만나는 것이야 사실 텔레포트로 오면 간단하니 크게 문제될 것이 없지만, 혼자 살고 있는 연아에게 당당하면서도 의지가 되는 오빠가 되고 싶은 욕심이 생겼기 때문이다.

거기다 당연히 앞으로 연아가 시집가는 것도 봐야 했다.

그런데 그런 연아가 자신 때문에 남들에게 기죽는 모습

은 생각하기도 싫었다.

어디를 가더라도 연아가 자신의 오빠라고 자신 있게 말하고, 그것을 자랑스럽게 생각하는 오빠가 되고 싶다는 작은 욕심이 생겼다.

─마스터, 최고의 S대를 가세요!

뜻하지 않게 연아 덕분에 테라의 계획도 차근차근 진행되기 시작했다.

우선 1차 관문이던 검정고시는 패스했으니, 2차 관문인 대학 입학을 위해 수능시험을 보기로 한 것으로 말이다.

Chapter 05
기발한 아이디어

―전희준 씨와 윤비아를 이제 어떻게 하실 생각이세요?

　재중은 연아를 찾고 나서 한결 마음이 편해진 상태였다.

　더구나 얼마 전 연아로부터 DNA 검사에서 연아와 자신이 남매가 확실하다는 연락을 받았다.

　그 기념으로 텔레포트로 연아를 찾아가 기쁨의 재회를 다시 한 번 했다.

　물론 진짜 목적은 연아의 그림자에 테라가 만든 최고의 패밀리어를 숨겨두기 위해서였지만 말이다.

　두 번째 재회에서 조만간 연아가 한국으로 오기로 하고

첫 번째와는 달리 웃으면서 헤어질 수 있었다.

막연한 감정이 아니라 DNA 검사로 남매라는 것을 확인한 것이 그 무엇보다 확신을 주었고, 두 번이나 재중을 만나면서 연아도 많이 안정되었던 것이다.

물론 두 번째의 만남에서도 연아는 자신의 고민을 재중에게 말하지 않았다. 하지만 조만간에 재중이 직접 알아낼 것이다.

테라가 연아의 그림자에 숨겨둔 경호원 겸 스파이가 있으니 말이다.

그래서 모처럼 한가롭게 차를 마시는데 테라가 다가와서는 전희준과 윤비아를 보면서 한마디 한 것이다.

웬만해서는 한 번 결정한 일에 대해서 별말을 하지 않는 테라였기에 이렇게 질문하는 건 드문 일이다.

재중이 슬쩍 고개를 들어 테라를 쳐다보자 테라는 서둘러 입을 열었다.

─불만이나 그런 건 아니에요. 그냥… 마스터의 생각을 제가 알아야 저도 적당히 판단할 수 있어서요.

재중이 데리고 온 이상 그가 누구이든 테라는 불만이란 존재하지 않았다.

자신의 마스터이니까.

다만 재중이 저 모녀를 동정으로 데리고 왔다고만 생각

하고 있지 않기 때문에 물어본 것이다.

동정과 도움은 엄연히 다른 것이다.

그리고 재중은 어설픈 동정을 그 누구보다 싫어한다는 것을 잘 알고 있기에 슬쩍 물어봤다.

"우선 생각할 시간을 줘보려고."

—생각할 시간을요? 그게 무슨 도움이 될까요?

테라가 보기에 저 모녀가 생각할 시간을 준다고 뭔가 달라질 것이라는 느낌이 들진 않았기에 회의적으로 물어봤지만 재중은 그저 웃었다.

"스스로 한 발을 앞으로 내디딜 것인지 아니면 이대로 주저앉을 것인지 그건 본인 하기 나름이겠지."

—마스터께서 그렇게 하신다면…….

테라는 전희준이 다시 스스로 일어선다는 것은 힘들 것이라고 판단하고 있었다.

대륙에서도 저런 사람이 수도 없이 많았다.

아니, 길가에 버려진 쓰레기처럼 넘쳐났다고 해야 할지도 모른다. 하지만 그중 그 누구도 스스로 생각해서 깨닫고 다시 일어선 경우는 없었기에 재중의 말에 회의적일 수밖에 없었다.

인간이란 참 특이할 만큼 한두 번 무너지면 오히려 스스로 자기 자신을 그 틀에 가둬 버리는 경우가 흔했던 것이다.

물론 재중도 그녀가 무조건 다시 일어서리라고는 생각하지 않았다.

한마디로 복불복이었고, 그저 기회를 줬을 뿐이다.

삶에 쫓겨 자신과 모든 것을 돌아볼 겨를도 없이 살았을 것이 뻔히 보였으니 말이다.

재중도 길거리에서 잠을 자고 남이 먹다 남긴 음식을 먹으면서 겨우겨우 하루하루를 살아갈 때는 미래에 대해서 꿈꿔본 적이 없다.

그저 내일은 배부르게 먹을 수 있을까, 내일은 맞지 않고 하루를 보낼 수 있을까 하는 걱정으로도 머릿속이 복잡했다.

재중이 전희준과 그녀의 딸 윤비아를 데리고 온 것도 어떻게 보면 단순히 변덕일 수도 있고 동정일 수도 있었다.

하지만 다른 사람과 달리 삶의 고통이 뭔지 아는 재중이 내민 동정은 그저 값싼 동정과는 많이 달랐다.

돈 얼마를 줘서 그날 하루 끼니를 때울 수 있는 동정이 아니라, 그녀가 다시 일어설지 어떨지 모르지만 그런 고민과 생각을 할 만큼의 시간적 여유를 주는 것이 재중이 그녀에게 주는 동정이었다.

그렇기에 한동안 전희준 그녀가 무엇을 하든 내버려 둘

생각이다.

자신이 그랬듯 스스로 일어서지 않는다면 결국 재중의 도움도 값싼 동정에 불과할 테니 말이다.

그런데 재중의 판단이 옳았는지 전희준은 며칠 뒤부터 카페로 올라와 일하는 것을 돕기 시작했다.

물론 딸 비아 때문에 오랜 시간 돕진 못했지만 확실히 먹고살기 위해 닥치는 대로 일을 했다는 그녀의 말대로 카페의 분위기와 일하는 방법을 배우는 데 걸린 시간은 겨우 반나절 정도였다.

그리고 그렇게 며칠 동안 일을 하던 전희준이 조심스럽게 재중에게 말을 꺼냈다.

"음, 그러니까 회원에 한해서 개인용 머그컵을 카페에 두고 손님이 왔을 때 개인용 머그컵을 사용하자는 거죠?"

재중이 전희준의 말에 잠시 생각에 잠기자 마치 시험 성적을 기다리는 학생처럼 긴장된 표정으로 재중의 눈치를 살폈다.

그런 그녀의 모습을 본 재중이 싱긋 웃으면서 말했다.

"저기… 궁금해서 그러는데요, 왜 그런 생각을 한 거죠?"

말은 그렇게 했지만 재중이 생각해도 확실히 괜찮은 아이디어였다.

오죽하면 테라가 전희준의 아이디어를 듣고 눈을 반짝이

겠는가?

테라의 눈이 반짝였다는 것은 그만큼 괜찮은 아이디어라는 말이기에 재중이 어떻게 생각해 낸 것인지 물었다.

"사실 전에 와인 바 주방에서 일한 적이 있어요. 그때 그와인 바 단골들이 자신이 산 와인을 가게에 맡겨두고 먹고 싶을 때마다 와서 마시는 것을 보고 생각난 거예요. 이곳은 커피를 파는 카페이기에 커피를 맡길 수는 없지만 자신만의 머그컵을 카페에 두고 올 때마다 자신이 좋아하는 컵으로 커피를 마신다면 좋지 않을까 하고요."

말을 하면서도 그다지 자신 있어 하지 않는 듯한 전희준의 모습이었다.

하지만 초조해하는 그녀의 모습과는 반대로 재중은 바로 승낙했다.

"멋진 생각이에요. 바로 실행하죠."

"네?"

전희준은 설마 재중이 단번에 승낙할 줄은 몰랐는지 놀란 얼굴로 쳐다봤다. 그에 테라가 슬쩍 다가와서는 말을 붙였다.

─어머, 정말 기발한 생각이에요. 많은 도움이 되겠어요.

"네? 뭐 저야 재중 씨에게 받은 것에 비하면 이 정도는……."

재중은 그녀의 눈동자를 보고서 알 수 있었다.

신세를 지고 있는 상황의 그녀가 자신에게 이 아이디어를 말하기까지 얼마나 고민하고 생각했을지 말이다.

전희준 그녀의 입장에서는 재중에게 뭔가 도움이 되고는 싶었지만 막상 도와줄 것이 없었던 것이다.

그녀가 보기에 이미 나름 성공한 삶을 살아가는 재중의 모습이었으니 더더욱 그랬다.

그래서 차라리 재중의 카페에 도움이 되는 것을 찾아보자 싶어서 굳이 카페에서 일을 하면서 전반적인 분위기나 영업하는 방법을 살펴본 것이다.

커피를 마시는 여대생들을 보던 전희준은 왜 다들 똑같은 잔으로 마시는 걸까 하는 생각에서 지금의 아이디어를 내게 되었다.

자신 없어하는 그녀의 모습과 달리 아이디어는 정말 기발했다.

다만 그러기 위해서는 카페의 인테리어를 조금, 아니, 제법 많이 바꿀 필요가 있다는 단점만 빼면 말이다.

하루 평균 재중의 카페를 찾아오는 손님이 300명 정도 되는데 카페에서 사용하는 머그컵은 예비용까지 모두 합쳐도 100개 정도였다.

그 정도의 숫자로도 얼마든지 씻어서 다시 사용하기에는

문제가 없지만 전희준의 아이디어를 실행하려면 필연적으로 고객용 머그컵을 보관할 곳이 필요할 수밖에 없었다.

한마디로 돈이 들어간다는 소리다.

일반적인 보통 카페 사장이라면 당연히 전희준의 아이디어는 생각할 것도 없이 버려졌겠지만 재중은 조금 달랐다.

어차피 돈 벌려고 하는 카페도 아니고 그저 테라가 재중이 너무 혼자만의 공간에 빠져드는 것이 걱정되어서 사람 좀 만나면서 적응하라고 운영하는 카페였다. 약간의 돈이 더 들어가는 것 정도는 감당할 수준인 것이다.

거기다 테라의 아공간에 잠들어 있는 금괴도 아직 많이 남아 있다.

딱히 돈 쓰는 곳이 없는 재중이기에 그동안 카페를 하면서 모은 돈도 제법 되었고, 때마침 1년 정도 지난 시점이라 카페 인테리어도 살짝 변화를 줘볼까 생각하고 있는 참이어서 겸사겸사 하기로 했다.

그리고 무엇보다 억지로 구색 맞추기 수준으로 카페 회원을 모집하긴 했는데 딱히 회원만의 특권이나 혜택이 전혀 없어 회원 전용 쿠폰이라도 만들어서 돌릴까 하는 생각을 하고 있었던 중이었다.

그런데 절묘한 타이밍에 전희준의 아이디어가 나오자 해보기로 한 것이다.

그리고 기발하지 않는가?

회원 전용 개인용 머그컵을 보관해 주고 올 때마다 그 머그컵에 커피를 준다는 것이 말이다.

물론 개인용 컵을 가져오기에 에코 할인도 해줄 생각이다.

보통 텀블러를 가져오는 고객에게 환경을 보호한다는 명목으로 일반 커피 가격에서 조금 더 할인을 해주는 것이 바로 에코 할인이다.

그걸 개인용 머그컵을 가져와 재중의 카페에 맡기는 회원에 한해서 해주기로 한 것이다.

카페 입장에서 보면 인테리어도 새로 돈 들여 해야 되고 커피 값도 에코 할인으로 할인해 줘야 하는 상황이기에 이익에는 조금도 도움이 되지 않는 아이디어인 것이 분명했다. 하지만 오로지 기발하면서도 때마침 회원들에게 뭔가 해주고 싶었던 타이밍에 나온 것이 절묘했다.

그리고 재중의 허락이 떨어지자 그 후의 행동은 일사불란했다.

테라는 곧장 노트북을 두들기더니 블로그에 공지를 띄웠다.

인테리어고 뭐고 아무것도 하지 않고서 말이다.

그런데,

저희 카페에서 이번에 회원에 한해 개인용 머그컵을 보관해 드립니다. 자신만의 머그컵을 가져와 카페에 맡겨두신 분은 카페에 오셔서 주문하시면 자신만의 컵에 커피를 드립니다. 그리고 개인용 머그컵을 맡기신 회원들은 에코 할인도 덤으로 해드려요. 많은 참여 바랄게요.

라는 공지를 띄우고 1분이 지났을까?

띠링~ 띠링~ 띠링~

곧바로 댓글이 달리면서 알람이 울려대기 시작했다.

거의 대부분을 차지하는 정말 그런 것을 하느냐는 질문부터 언제 머그컵을 가져가면 되느냐는 질문은 기본이고 어떤 이는 1인당 몇 개까지 머그컵을 보관해 주느냐는 질문까지 끝없이 달리기 시작했다.

재중과 테라는 몰랐다.

자신들의 카페 블로그에 새로운 글이나 공지가 올라오면 블로그에 가입한 사람들에게 알림이 뜬다는 것을 말이다.

그리고 지금까지 누구도 생각해 본 적이 없는 특별한 회원만의 아이디어였기에 반응은 가히 폭발적이었다.

여자들은 자신만의 것을 가지고 싶어 하는 성향이 강한 편이다.

그런데 여대생이라면 오죽하겠는가?

당연히 이런 반응을 예상했어야 하지만 테라도, 재중도, 그리고 아이디어를 낸 전희준도 전혀 모르고 있었다.

—마스터, 반응이 폭발적인데요?

"그래?"

그냥 괜찮은 아이디어라고 생각했을 뿐인 것과 달리 실제 블로그에 공지를 올린 지 30분 만에 달린 댓글의 숫자만 이미 200여 개를 넘어가고 있을 정도다.

—우선 내일 당장 가져오겠다는 사람만 100명이 넘었어요, 마스터.

"오늘은 철야 작업이군."

Chapter 06
테라의 마법

공지를 올린 다음날, 아르바이트를 위해 출근한 유혜림과 유새민 자매는 어제와 완전 달라져 버린 카페 내부를 보고는 잠시 멍하니 서 있어야만 했다.

"저기… 테라 언니."

유혜림이 때마침 모습을 드러낸 테라에게 다가가 물었다.

"이게 어떻게 된 거예요?"

어제만 해도 그림이 걸려 있던 벽 전체가 격자로 짜인 틀로 완전히 가득 차버렸고, 그 격자 틀 사이의 수많은 빈 공간마다 개별적으로 투명한 문이 달려 있었다.

―이거? 어제 공지 못 봤어?

"공지요? 아, 블로그에 올린 그 개인용 머그컵을 보관해 준다는 공지요?"

유혜림은 아르바이트를 하기에 당연히 공지를 보긴 했지만 내부 공사도 해야 하니 며칠 걸릴 줄 알고 있었다.

그녀도 기본적으로 재중의 카페의 단골 대부분이 회원이라는 것을 알고 있기에 당연히 내부 인테리어 공사 때문에 최소 며칠은 걸릴 것이라고 생각했던 것이다.

하지만 그런 모든 예상을 유혜림의 예상을 뒤집어 버리고 하룻밤 만에 카페 내부가 이렇게 바뀌게 될 줄은 전혀 생각조차 하지 못했기에 이처럼 놀랄 수밖에 없는 것이다.

―응. 그거 때문에 어젯밤에 다 뜯어내고 새로 바꿨어.

"네? 1층 전부를요?"

카페 1층이 전부 머그컵을 넣을 수 있는 격자 모양의 틀로 가득 차버렸다고 해도 과언이 아닐 정도였다.

완전히 인테리어가 바뀌어 버린 모습에 할 말을 잃어버린 유혜림이었다.

유혜림은 눈으로 보고도 진짜인지 확인하려는 듯 손으로 만져보기 시작했다.

그런데 그런 유혜림, 유새민 자매를 보던 테라가 문득 입을 열었다.

─그보다 너희 유 자매에게 특명을 내린다.

"특명이요?"

뜬금없는 테라의 말에 유 자매가 고개를 갸웃거리자 테라가 노트북을 앞으로 내밀면서 회원기록부를 보여주고는 말을 이었다.

─머그컵을 맡긴 손님 전부 사진을 찍어서 노트북에 저장해 놓도록.

"네? 전부요?"

─당연하지. 그렇게 사진으로 찍은 머그컵과 손님 얼굴을 너희가 다 기억해야 되니까 당연하잖아. 그리고 혹시나 분실이나 기타 여러 가지 일이 있을 때 사용하려면 찍어둬야 해.

마치 왜 그런 걸 물어보느냐는 듯한 테라의 말에 오히려 질려 버린 유혜민과 유새민이었다.

"그걸 어떻게 다 기억해요."

최소한 당장 떠오르는 단골만 해도 100명이 넘어가는 것을 기억해 낸 유혜민은 순간 앞이 캄캄해지는 느낌이다.

이제 겨우 단골 얼굴을 기억하는 단계인데 느닷없이 회원 명부에 있는 고객 이름과 얼굴, 그리고 그 손님이 맡긴 머그컵까지 기억하라는 말은 그녀들에게는 마른하늘의 날

벼락이나 다름없었다.

"테라 언니도 기억하지 못하잖아요!"

유혜림이 이대로 순순히 따랐다가는 정말 간만에 하게 된 아르바이트가 지옥이 될지도 모른다는 생각에 소리쳤다. 그러자 오히려 테라의 입가에 미소가 그려진다.

─그럼 내기할까?

"네?"

─오늘부터 3일 동안 받은 머그컵과 그 주인을 알아맞히는 내기 말이야.

"……."

뜬금없는 테라의 말에 유혜민과 유새민이 고민하는 표정을 지었다.

─너희 자매 둘과 나 혼자 하는 거야. 그리고 이기면 시급 100% 인상! 어때?

쫑긋!

시급을 100% 올려준다는 말에 유혜민과 유새민의 귀가 쫑긋하더니 곧바로 넘어가 버렸다.

"좋아요, 테라 언니!"

이 대 일의 싸움이다.

객관적으로 생각해도 자신들이 더 유리할 수밖에 없다고 생각한 유혜림, 유새민은 테라가 던진 미끼를 덥석 물었다.

하지만 그녀들은 몰랐다.

테라가 어떤 녀석인지 말이다.

애초에 드래곤의 모든 지식을 담고 있는 마도서인 테라를 평범한 인간인 그녀들이 이길 리가 없었다.

그게 두 명이든 100명이든 말이다.

아무튼 그렇게 시작된 내기와 함께 재중의 카페에는 그날 바로 머그컵을 손에 든 여대생들이 줄을 이었다고 한다.

본래 생각보다 훨씬 짧은 이틀 만에 카페 1층이 모두 개인용 머그컵으로 가득 차버렸고, 결국에 2층에도 머그컵 진열용 격자 틀을 다시 만들어야만 했다.

그리고 재중의 카페를 찾아오는 고객 전원이 회원으로 가입하는 정말 특이한 상황까지 벌어져 버렸다.

물론 유 자매와 한 내기에서 테라가 이겼다는 것은 말할 필요도 없었다.

하지만 테라와 비교할 수는 없지만 노력했는지 제법 많은 회원을 외웠기에 나름 노력했다는 것을 인정하고 시급을 50%를 인상해 주는 걸로 합의를 본 테라였다.

그런데 그 누구도 예상 못한 황당한 일은 개인용 머그컵을 보관해 준 한 달 정도 뒤에 일어났다.

—마스터.

"응?"

―짜증 나 죽겠어요!

"왜?"

개인용 머그컵을 보관해 주는 이벤트 아닌 이벤트를 하고 나서 대충 한 달이 흘렀을 때였다.

테라가 짜증을 내면서 입이 오리 주둥이만큼 튀어나온 모습에 재중이 물어봤다.

―저기 미화여대 후문 쪽에 어스박스라는 카페 아시죠?

"어스박스? 아, 그 외국 메이커 카페?"

―네. 참 웃기게도 거기서 저희 따라 해요. 프리미엄 고객에 한해서 컵 증정 및 보관해 준다고 지금 광고하고 있잖아요!

"그래?"

짜증을 내면서 온갖 성질을 다 부리는 테라와 달리 재중이 별것 아니라는 듯 대수롭지 않게 넘기자, 테라는 지금 이게 웃어넘길 일이 아니라는 듯 재차 물었다.

―마스터는 화도 나지 않으세요? 이건 명백히 표절이에요, 표절!

"후후훗, 그건 또 어디서 들은 거야?"

표절을 강조하면서 분노하고 있는 테라를 보는 재중이 웃었다.

―저희가 먼저 한 우리만의 아이디어를 훔쳐 갔잖아요! 이건 명백히 표절이에요!

재중이 없다면 당장 어스박스로 가서 파이어 볼로 건물을 통째로 날려 버리고도 남을 테라였다. 하지만 그럴 수 없으니 이처럼 재중 앞에서 일부러 시위하듯 난리치는 중이지만.

그런 테라의 마음을 알면서도 모른 척하는 건지 재중의 반응은 오히려 평온하기만 했다.

"뭐, 따라 하고 싶으면 하라지."

―마스터, 이건 지적 재산을 강탈당한 것이나 다름없다고요!

재중이 영 반응이 없자 테라는 더욱더 난리를 쳤지만 오히려 그럴수록 자기 스스로 분을 이기지 못할 뿐이다.

"내가 돈 벌려고 카페 차렸니?"

―그거야 아니죠. 마스터의 인성과 평온한 생활, 그리고 커뮤니케이션을 위해서죠, 당연히.

테라가 저도 모르게 애초에 카페를 차린다고 바득바득 우기던 이유를 자랑스럽게 이야기했다.

하지만 테라는 금방 재중의 말에 대답하고 나서야 자신이 실수를 했다는 것을 깨달았는지 아차하는 표정을 지었다.

"그럼 상관없잖아."

도무지 재중이 반응이 없자 결국 최후의 수단을 써야겠다고 생각한 테라는,

—에휴, 마스터는 정말. 아무도 눈치채지 못하게 그냥 파이어 볼을 한 방만 어때요?

상큼하게 윙크하면서 앙증맞게 손가락 검지 하나를 펴면서 매달렸지만, 그런 뻔히 보이는 애교에 넘어가 허락할 재중이 아니었다.

"허락 없이 마법 쓰면 알지? 최소 100년간 소환 금지다."

—…네.

입이 잔뜩 튀어나온 테라는 조용히 카운터로 가서는 툴툴거리면서 하던 일을 계속했다.

사실 재중도 그렇게 기분 좋은 것은 아니지만 그렇다고 테라처럼 나쁜 것도 아니었다.

어차피 블로그에 공지를 올려서 실행한 이벤트를 아무도 따라 하지 않는다는 건 희망 사항일뿐이다.

당연히 누군가가 따라 할 것이라고 예상하지 않았는가?

물론 설마 어스박스에서 이렇게 빨리 따라 할 줄은 몰랐지만 말이다.

우연히 전희준의 아이디어에서 시작한 개인용 머그컵을 보관하는 이벤트는 의외로 엄청난 반응을 이끌어냈다.

뭐랄까, 이곳에 오는 손님들이 자신만의 단골 카페라는

것을 다른 사람에게 자랑스럽게 이야기할 수 있는 증거라고나 할까?

아무튼 그런 소속감과 함께 친밀감을 동시에 주게 되었고, 그것은 자연스럽게 매출이 오르는 결과로 이어졌다.

원래 장사가 제법 되었던 재중의 카페는 이제는 손님이 몰릴 시간에는 대기표가 없으면 카페를 들어오는 것도 힘들 정도였다.

거기다 예약 손님도 부쩍 늘어나서 며칠 전 3층을 통째로 예약 손님만 받는 층으로 바꿔 버리면서 또다시 인테리어를 새로 해야만 했다.

이러니 돈 냄새를 맡은 다른 카페에서 따라 하지 않는다면 그게 오히려 이상한 일이었다.

물론 한 달 만에 따라 할 줄은 재중도 예상 못했지만 말이다.

투덜거리는 테라를 보낸 재중은 사장의 특권으로 만들어진 자신만의 자리에 앉아 전에 부탁했던 전희준에 대한 자료를 담은 서류를 보았다.

"서민 캐시라……."

서민 캐시라는 이름과 함께 옆의 빠루파라는 조폭의 이름이 유독 눈에 띄었다.

겉으로는 서민을 위한다는 대출업체로 알려져 있지만 실

상은 이자율이 년 70%를 넘는 고금리 사채업체였다.

무보증, 무담보를 내세우고 있지만 실제로는 그 반대였다.

돈 빌린 사람의 몸을 보증으로, 그리고 담보로 해서 돈을 빌려주고 있었다.

여자는 사창가에 팔아도 되고 장기를 꺼내서 팔아도 되니 오히려 대 환영이고, 남자는 기껏해야 다른 나라에 팔거나 장기를 파는 게 전부였다.

그런데 일반적으로 사람들이 모르는 것이 있다.

멀쩡한 사람의 몸에서 장기를 뽑아다가 팔면 과연 얼마나 나올까 하는 의문을 가진 적이 있는가?

박인혜가 준 서류에 쓰인 것을 본 재중은 그저 웃음만 흘릴 수밖에 없었다.

서민 캐시라는 간판을 내세운 빠루파라는 녀석들은 그렇게 잡아간 사람들을 실종·처리한 뒤 장기를 척출해서 팔아온 것이다.

눈은 이천만 원, 신장은 오백만 원, 심장은 이~삼억, 그리고 간은 천만 원 정도로 말이다.

한마디로 얼마를 빌려주든 결국엔 돈을 벌도록 되어 있는 구조가 바로 장기 밀매 조직이었다.

한때 뚜껑 딴 음료수 괴담이 떠돌아다닌 적이 있었다.

인터넷과 아이들 사이에 퍼진 도시 괴담이지만, 그걸 그냥 괴담으로 생각할 수 있을까?

재중이 보고 있는 서류를 보면 그럴 수는 없을 것이다.

"웃기는군. 500만 원의 빚이 1년 만에 1억까지 불어나다니… 거기다 선이자를 받는 것까지 완전 악덕 고리대금업자의 전형적인 모습이군."

서류만 보면 서민 캐시라는 녀석들은 처음 전희준의 남편에게 돈을 빌려주는 순간부터 자신들이 집어삼킬 목적이 보였다.

그 정도로 노골적인 이자율이었다.

하지만 그녀의 남편이 과연 이런 것을 모르고 빌렸을까?

재중은 아니라고 생각했다.

그녀의 남편은 위험한 돈이라는 것을 알면서도 돈을 빌렸을 것이다.

일이 잘못되어도 나중에 자신이 숨어버리면 가족에게 피해가 가지 않을 것이라는 이기적인 생각으로 말이다.

"음……."

처음 사정을 전부 몰랐을 때는 돈을 빌린 전희준의 남편 잘못도 있기에 그냥 녀석들에게 돈을 줘버리고 조용하게 끝낼까 생각했던 재중이다.

영화나 만화에 나오는 슈퍼 히어로처럼 악을 무찌르고

정의를 수호하는 그딴 생각은 애초에 있지도 않았다.

그저 자신의 주변에 있는 사람만 지키면 그걸로 만족했다.

그런데 박인혜가 준 서류를 본 뒤에는 돈을 준다고 해결될 문제가 아닌 걸 본능적으로 느꼈다.

서류로 인해 생각이 바뀌어 버린 재중은 이걸 어느 정도까지 처리해야 될지 살짝 고민에 빠졌다.

"싹 쓸어버릴까?"

녀석들의 본거지는 박인혜로서도 찾을 수 없다고 서류에 쓰여 있었다. 하지만 그건 흑기병이 직접 움직이면 이 세상의 어디에 있든 재중의 눈에서 벗어날 수가 없다.

서류에 첨부된 녀석들의 사진과 이름, 그리고 주로 활동하는 구역까지 자세하게 나와 있는 이상 재중의 명령 한 번이면 간단했다.

재중이 살짝 늦긴 했지만 녀석들에게 시선을 돌린 이유에는 몇 가지가 있었다.

우선 수능을 쳐야 하고 수능이 끝나면 대학도 가야 한다.

그리고 무엇보다 조만간 선우연아가 알래스카에서 한국으로 오기로 했다.

그런데 이런 위험이 될 수 있는 녀석들을 그냥 두는 것은 화장실을 갔다가 뒤를 닦지 않고 나온 듯 찜찜할 수밖에 없는 일이다.

거기다 재중은 카페를 우선 전희준에게 맡겨볼 생각이었다.

처음 희준이 제시한 아이디어가 독특한 것도 있지만 확실히 힘들게 살아온 사람답지 않게 자신만의 주관이 뚜렷한 것이 믿음이 갔다.

재중 자신은 대학을 가게 되면 한동안 공부에 전념할 생각이다.

하지만 전희준과 연결된 사채업자들을 이대로 놔둔다면 언제고 일이 터질 수밖에 없기에 아예 그럴 여유조차 없도록 생각난 지금 처리하려는 것이다..

무엇보다 가장 신경이 쓰이던 김인철은 흑기병이 가져온 정보에 따르면 갑작스럽게 다른 수제자들이 두각을 나타내는 바람에 자신이 우위에 서기 위해서 그쪽에 집중하느라 재중에까지 정신을 팔 여유가 없다고 했다.

재중은 이대로 김인철이 자신의 존재를 잊어줬으면 하는 생각뿐이다.

만약 김인철이 계속 적의를 가지고 다가오면 당연히 재중도 생각을 달리했을 것이다.

하지만 굳이 찾아가서 베어버릴 만큼 위협적이지는 않았기에 조용히만 있다면 내버려 두려고 생각 중인 재중이다.

물론 서민 캐피탈이라는 간판을 달고 있는 빠루파는 처리해야겠지만 말이다.

"흑기병."

재중이 나직이 흑기병을 부르자 재중이 앉아 있는 그림자가 파도치듯 작게 일렁였다.

─네, 마스터.

"빠루파 녀석들의 본거지를 찾아봐. 장기 척출하는 곳도 같이 말이야."

─알겠습니다.

재중의 명령에 일체 의문조차 가지지 않는 흑기병이다. 대답과 동시에 그림자가 갈라지면서 흑기병이 사라져 버렸다.

"대범하다고 해야 할지 아니면 간이 크다고 해야 할지, 나 참."

흑기병은 재중에게 명령을 받은 지 정확하게 여섯 시간 만에 원하는 모든 정보를 가지고 되돌아왔다.

곧바로 움직인 재중은 흑기병의 안내로 도착한 곳을 보고는 기가 막혔다.

나름 알아준다는 병원들이 모여 있는 곳에서 너무나 가까운 허름한 요양병원이 바로 녀석들의 아지트이자 장기를 척출해서 판매하는 곳이었다.

그나마 다행이라면 주변에 주택이 없었고 있던 공장들도 망해서 모두 빈 곳이라는 것이다. 하지만 다행인 한편 생각을 조금 다르게 해본다면 오히려 주변이 휑한 것이 당연하게 보이기도 했다.

"녀석들이 정리했군."

장기를 척출해서 파는 것은 당연히 극악한 범죄이다.

그건 전 세계적으로 이슈가 될 만큼 큰 범죄인데 녀석들이 주변에 사람이 자주 오가는 상황을 만들 이유가 없었다.

당연히 조폭을 동원해서 주변 공장을 모두 쫓아냈을 것이다.

거기다 녀석들의 요양병원 주변에 가로등조차 하나 없는 것도 특이했다.

그냥 보면 버려진 어두운 동네로 보이지만 재중이 보기에는 피비린내가 진동하는 악마의 소굴이나 다름없었다.

병원 근처에 있을 뿐인데도 재중의 코에 비릿하게 혈향이 느껴지는 것을 보면 말이다.

"잡혀 온 사람이 있나?"

요양병원을 쳐다보던 재중이 한마디 하자 어둠 속에서 흑기병이 모습을 드러냈다.

―오늘 오전을 마지막으로 없습니다, 마스터.

"그래……."

오늘 오전이 마지막이라는 말은 오전에 이미 한 명이 몸에 장기를 빼앗긴 채 죽어갔다는 말이다.

어쩌면 그래서 재중의 코에 비릿한 피비린내가 느껴지는 것일지도 몰랐다.

그런데 막상 움직이려고 하던 재중이 발걸음을 멈추더니 한마디 뱉었다.

"귀찮군."

지금 요양병원이란 껍질 속에 모여 있을 녀석들은 어느 하나 살아갈 가치가 없는 쓰레기이다.

아니, 쓰레기보다 못한 녀석들이다.

본래는 재중이 직접 나서려고 했는데 잡혀 온 사람도 없다면 굳이 자신이 움직일 필요가 있을까 하는 생각이 들었다.

"테라."

나직이 테라를 부르자,

─네, 마스터.

기다렸다는 듯 흑기병과 같이 어둠 속에서 불쑥 튀어나와 재중의 팔에 매달린다.

─부르셨어요, 마스터~

"후훗."

테라의 모습에 재중은 가만히 요양병원을 바라보다가 말했다.

"저거 녹여 버려."

─네? 마법으로요?

테라는 자신이 마법을 쓰는 것을 재중이 꺼리는 것을 알기에 순간 잘못 들었나 싶어서 재차 확인하듯 물어봤다.

"장기를 척출해서 파는 놈들, 꼴도 보기 싫다. 녹여 버려."

재중이 확실하게 다시 말하자,

─옛 썰, 마스터.

곧장 용수철이 튕기듯 재중의 품에서 튕겨져 나간 테라는 그대로 어두운 하늘 위로 솟구쳐 올랐다.

거의 요양병원이 한 손에 잡힐 만큼 작아 보일 정도로 높이 올라가서야 멈춘 테라는 잠시 재중이 했던 말을 생각하더니 사용할 마법을 결정했다..

─녹여 버리라면, 호호호호호, 역시 헬파이어만큼 좋은 게 없지.

어차피 지구로 온 뒤로 마법다운 마법을 써본 적이 없기에 이 기회에 확실하게 스트레스를 풀 겸 요양병원 건물을 정말로 통째로 녹여 버릴 생각이다.

그것도 9서클 궁극의 화염 마법으로 알려져 있는, 한번 불이 붙으면 모든 것을 태워 버리지 않는 한 절대 꺼지지 않는 지옥의 불길인 헬파이어로 말이다.

사락!

먼저 간단하게 주변에 결계를 쳐서 어떠한 소리와 빛도 새어 나가지 않게 만들었다.

아무리 테라라도 헬파이어는 위력에 따라 핵폭탄과 맞먹을 정도의 마법이다. 따라서 마도서의 힘을 빌려야만 했다.

허공에 손을 내밀자 보이지 않게 숨겨져 있던 마도서가 테라의 앞으로 저절로 떠올라 펼쳐지더니 스스로 페이지가 빠르게 넘어가기 시작했다.

사라라라라락!

그러다 어느 페이지에서 멈췄을까? 테라의 눈이 스르륵 감기더니 주문이 시작됐다.

─태고의 억겁에 화한 불길이여, 내 뜻에 따라 타오를 불길이여, 지옥의 끝에서 태어난 불길이여, 나 테라 아이린이 명하노니 이곳에 불길의 증거를……!

휘이이이이이이익!!

테라의 주문이 시작되는 것과 동시에 그녀의 주위에 바람이 휘몰아치기 시작하더니 곧 주변의 모든 것을 빨아들일 것 같은 소용돌이가 생겨났다.

하지만 눈에 보이는 소용돌이는 아니었다.

마법을 쓰기 위해 꼭 필요한 마나를 주변에서 끌어 와 쓰기 때문에 자연스럽게 생기는 현상인 것이다.

주문이 거의 끝나갈 때쯤 아래쪽에 있던 재중이 하늘을 올려다봤다.

그리고 올려다본 그곳에는 밤하늘에 어울리지 않는 태양이 떠 있는 모습이 보였다.

실제 태양보다는 턱없이 작지만 느껴지는 열기만큼은 실제 태양이라고 해도 믿을 정도였다.

거기다 작은 태양이 불꽃을 토해낼 때마다 주변이 환하게 밝아졌다. 그 모습은 마치 당장에라도 주변에 닿는 것은 무엇이든 집어삼켜 태워 버릴 듯 혓바닥을 날름거리는 듯 보이기도 했다.

—헬파이어(Hellfire)!

한마디였다.

9서클 궁극의 마법이자 전술핵보다 더욱 뜨거운 불길을 가진 불덩이가 떨어져 내린 것은 말이다.

마치 하늘에서 유성이 떨어지듯 불덩어리가 요양병원 위로 떨어졌다. 하지만 불덩어리는 커다란 굉음을 일으킬 것 같던 모습과 달리 건물과 부딪치기 직전 형체가 일그러졌다. 그리고는 마치 용암을 들이부은 것처럼 요양병원 건물 옥상에서부터 녹아내리기 시작했다.

느리지도 않지만 그렇다고 빠르지도 않는 속도로 말이다.

화르르륵!!

그리고 1분 정도 지났을까? 방금 전까지 요양병원이 있던 곳에는 아무것도 남아 있지 않게 되었다.

너무나 높은 열 때문에 시멘트는 타서 재가 되었고 건물을 이루고 있던 철골은 녹아버렸다.

당연히 건물 안에 있던 사람은 흔적조차 찾을 수 없었다.

아니, 건물이 있었는지조차 의심될 만큼 너무나 깔끔하게 사라져 버렸다.

그런데 특이한 것은 요양병원 건물이 있던 곳만 깔끔하게 녹아버렸고 그 자리에서 1미터만 벗어나도 전혀 불에 그슬리거나 탄 흔적조차 없는 것이 것이다.

─아, 개운해~

걸어 다니는 소형 전술핵에 버금가는, 아니, 테라의 마음먹기에 따라 헬파이어의 크기를 얼마든지 조절할 수 있으니 오히려 전술핵보다 더욱 위험한 것을 서슴없이 사용한 테라는 자신이 만든 작품을 보고서 마치 스트레스를 풀었다는 듯 개운한 표정과 함께 환한 미소를 짓고 있다.

그녀의 표정만 보면 절대로 이런 짓을 했다고는 믿어지지 않을 만큼 천진난만하게 말이다.

―마스터~ 깔끔하게 녹여 버렸어요.

대륙처럼 돌로 지어진 건물이면 헬파이어의 불꽃에 녹아서 용암으로 변해 녹아내렸겠지만 시멘트이기에 재가 되어 버렸고 녹아버린 것은 건물을 이루고 있던 철골뿐이다.

거기다 전부 녹아서 바닥에 퍼져 버린 철골조차도 확인하려면 시간이 필요했다.

"그럼 이건 됐고, 다음은 서민 대출인가?"

황량한 벌판이 되어버린 곳을 한번 쳐다봤을 뿐 미련 없이 몸을 돌린 재중이 어둠 속으로 발걸음을 옮기자 흑기병과 테라도 재중의 뒤를 따라 움직였다.

그렇게 세 사람은 조용하면서도 흔적도 없이 어둠 속으로 사라져 버렸다.

재중이 다시 모습을 보인 곳은 평범해 보이는 사무실 앞이었다.

안쪽을 들여다보니 소파와 책상이 몇 개 있고 컴퓨터도 있는 것이 얼핏 개인이 운영하는 사업체 사무실로 보일 만큼 평범했다.

하지만 재중이 시선을 살짝 들자 커다랗게 쓰인 글귀가 눈에 들어왔다.

신속 정확, 고객의 고통을 덜어드리는 서민을 위한, 서민을 생각하는 대출이 되겠습니다.

글귀를 보는 순간 재중의 입가에 자그마하게 미소가 그려졌다.

빌려준 돈을 꼬투리 잡아 장기나 팔아먹는 녀석들이 써놓은 글이라고 생각하니 그냥 웃음이 그려졌을 뿐이다.

"테라."

―네엥~ 마스터~

간만에 시원하게 마법을 날려서 그런지 다른 때보다 콧소리가 가득한 목소리로 대답하는 테라다. 그 모습에 재중은 그동안 어지간히 스트레스가 쌓였나 보다고 생각하긴 했지만 어쩔 수 없었다.

테라가 원하는 만큼 마법을 난사할 일이 생기려면 북한과 전쟁이라도 터지지 않는 이상 불가능할 테니 말이다.

"방범 시스템을 모두 죽여 버려."

―옛 썰~ 마스터!

조금 심하게 오버해 대답한 테라는 곧장 양팔을 앞으로 내밀었다.

―멀티 언 락!

너무나 간단한 주문 한 방으로,

띠리릭!

최첨단 방범 시스템이 먹통이 되어버렸다.

그것도 부서지는 것이 아니라 잠긴 것을 해제해 버리는 방법이었다.

방금 전 멀티 언 락 주문이 끝나고 나서 울린 알림음은 바로 잠금 기능이 풀리는 소리였다.

방범 시스템도 풀렸겠다, 더 이상 방해할 것이 없는 재중은 사무실 안으로 들어가 책상마다 뒤지기 시작했다.

"흠, 어디에 숨겼을까?"

한참을 뒤졌을까? 재중이 중얼거렸다.

지금 재중이 찾고 있는 것은 차용증이다.

돈을 빌렸다는 계약서와 같은 것으로 그 차용증의 존재가 바로 전희준의 족쇄 역할을 하고 있다.

물론 차용증을 찾는다고 조용히 그냥 갈 생각은 없지만 말이다.

―마스터, 제가 도와드릴게요.

눈치껏 마법을 쓸 타이밍만 노리고 있던 테라가 재중이 무언가를 찾는 듯하자 먼저 설레발치며 앞으로 나서더니 주문을 외웠다.

―마나여, 보이지 않는 것을 찾아다오. 뷰 파인드.

테라의 손끝에서 작은 파문이 생겼고, 곧 그 파문이 마치 물결치듯 사방으로 퍼져 나갔다.

그리고 1분도 되지 않아 테라의 입가에 미소가 그려졌다.

─마스터, 찾았어요.

마나의 파문이 퍼지면서 사라지는 순간 테라의 눈동자가 반짝였다.

테라가 곧장 커다란 액자가 걸려 있는 곳으로 걸어가 액자를 치우자 숨겨진 금고가 모습을 드러냈다.

물론 최첨단 장치에 폭탄을 맞아도 끄떡없을 만큼 튼튼한 금고였지만,

─언 락!

테라의 만능 잠금 해제 마법 한 방에 금고는 자신의 모든 것을 아낌없이 내주었다.

금고 안에 잠들어 있던 금괴를 비롯해서 여러 가지 차용증까지 말이다.

테라와 재중은 테라의 아공간에 금고 안의 괴부터 차용증 등을 비롯해 모든 것을 챙겨 쓸어 담기 시작했다.

그런데 모든 차용증을 다 챙길 무렵, 금고 가장 깊은 곳에서 작은 물건이 재중의 손에 잡혔다.

이상한 감촉에 꺼내보니 USB였다.

"이제는 이런 식으로 보관하는 건가."

나름 사채업자들도 시대를 따라 진화하고 있는 듯했다.

뭐, 그래 봐야 테이프에서 USB 메모리로 바뀌었을 뿐이지만 말이다.

우선 뭔지 모르지만 금고에 넣어둘 정도면 중요한 것이려니 생각한 재중은 테라의 아공간에 모조리 쓸어 넣어버리고는 잠시 뒤돌아보았다.

"물건은 죄가 없으니."

한마디 한 재중은 책상 위에 있던 컴퓨터를 뜯어서 테라의 아공간에 넣기 시작했다.

컴퓨터는 시작에 불과했다.

새로 산 지 얼마 되지 않아 보이는 의자부터 화분까지 멀쩡해 보이는 것은 모조리 테라의 아공간에 집어넣는 게 아닌가?

─마스터, 그런 걸 왜 챙겨요?

재중의 성격상 이런 것을 굳이 챙기는 이유를 모르겠다는 듯 테라가 물어보자, 별거 아닌 듯 대답했다.

"불우 이웃돕기에 쓰지, 뭐."

─네?

너무나 허무한 대답에 테라가 잠시 멍 때리는 사이 거짓말 하나 보태지 않고 낡은 책상과 소파를 빼고는 모두 챙기는 재중이었다.

싹 쓸어 넣고는 더 이상 챙길 것이 없는지 두리번거리다가 자신의 모든 것을 아낌없이 내어주고 입을 벌리고 있는 금고 쪽으로 가더니,

"이거 비싸겠지?"

테라를 보면서 슬쩍 물어보았다.

―뭐, 금고 자체가 원래 비싸잖아요. 거기다 이런 녀석들이 쓰는 금고가 싸구려일 리 없죠.

"그래, 그럼 이것도."

재중은 테라의 말이 끝나자마자 벽에 손가락을 푹 박아 넣더니 콘크리트 벽을 두부 자르듯 잘라 금고만 쏙 꺼내 테라의 아공간으로 집어 던졌다.

"더 챙길 거 없나?"

콘크리트 벽 속에 금고까지 꺼내고도 뭐가 또 모자라는지 눈을 번뜩이면서 살펴봤지만 사무실이라는 게 원래 필요한 물건 외에는 잘 두지 않다 보니 더 이상 찾아봐도 보이는 게 없었다.

"가자."

―집으로요?

테라는 대충 다 끝난 것 같기에 집으로 간다는 줄 알고 몸을 돌리는데,

"아니."

─네? 그럼 어디로 또 가나요?

"쓰레기 치우러."

─네? 아!

테라는 무슨 말인지 몰라서 고개를 갸웃거리다가 곧 알아차렸는지 입가에 재중과 똑같은 미소를 지으면서 천천히 어둠 속으로 사라져 버렸다.

쓰레기는 땅에 묻는 것이 가장 좋지만 따로 쓸 곳이 있다면 쓰는 것이 재활용의 기본이다.

그날 빠루파 녀석 전원은 동해 깊은 물속에서 물고기 밥이 되어버렸다.

최소한 물고기들을 살찌우는 데 도움이 되었으니 나름 재활용을 잘한 셈이다.

재중이 요양병원을 흔적도 없이 녹여 버리고 서민 캐피탈을 탈탈 터는 것도 모자라 빠루파 녀석들을 모조리 잡아다 동해 바다 속에 물고기 밥으로 주는 데 걸린 시간은 겨우 한 시간 남짓이었다.

하지만 다음날 뉴스와 경찰과 검찰은 난리가 나버렸다.

"뭐? 하룻밤 사이에 빠루파 녀석들이 전원 사라져?"

"네. 그리고 저희가 장기 밀매 공장으로 의심하던 요양병원이… 사라져 버렸습니다, 반장님."

"뭐? 지금 그 말을 나더러 믿으라는 거야?"

거의 6개월 넘도록 빠루파와 장기 밀매 녀석들을 한꺼번에 잡아들이려고 수사하던 검찰과 경찰은 황당한 현실을 마주해야만 했다.

장기 밀매 공장으로 생각하고 6개월 동안 끈질기게 추적해서 알아낸 요양병원 건물이 하룻밤 사이에 사라져 버린 것이다.

철거를 한 것도 아니고 아주 깨끗하게 없어졌다.

그뿐인가?

빠루파의 자금줄이이던 서민 대출 사무실은 완전 싹 털려 버렸다.

지금까지의 일만 해도 지금 경찰과 검찰이 뒷목을 잡고 쓰러질 판인데 정말 황당한 것은 빠루파 조직원 200명 전원이 하룻밤 사이에 실종된 것 것이다.

그것도 잠복근무하면서 감시하던 경찰들 눈까지 감쪽같이 속이고서 말이다.

"아, 젠장, 미치겠네. 이걸 어떻게 보고서를 써야 된단 말이야!!"

재중은 그냥 자기 마음 내키는 대로 움직였을 뿐이다.

하지만 본의 아니게 재중이 빠루파와 서민 대출을 쓸어버린 뒤 경찰들은 자신들이 어떻게 보고서를 올려야 할지 한동안 머리 싸매고 고민에 빠져야만 했다.

　누가 믿어주겠는가?

　하룻밤 사이에 건물이 사라지고, 대출 사무실이 깨끗하게 털리고, 거기다 453명이나 되는 조직원이 하늘로 솟았는지 땅으로 꺼졌는지 감쪽같이 사라져 버린 것을 말이다.

　그리고 황당하게도 이렇게 재중이 빠루파와 서민 대출을 쓸어버린 일은 X파일로 분류되어 극비 문서가 되었다.

　당연히 상식의 수준을 한참이나 벗어난 현상이기에 외계인이나 그런 것을 담당하는 특수부서로 넘어가 버렸다.

　한국에도 미국과 같이 특수한 범죄나 현상을 수사하는 특수부서가 있긴 했던 것이다.

　아는 사람은 거의 없는 것 같지만 말이다.

Chapter 07
천산그룹

"어머, 귀여워라~ 너 이름이 뭐니?"

"윤비아요."

"어머, 대답하는 거 봐. 인형 같다, 정말."

평온한 카페에 때 아닌 여대생들이 이처럼 난리치는 것은 그녀들의 시선을 사로잡은 윤비아 때문이었다.

아무리 지하에 마법으로 살기 쾌적하게 모든 준비를 해놓았다고 해도 어린애가 지내기에 답답한 것은 어쩔 수 없다.

결국 카페에서 일을 하면서 나름 밥값을 하고 있는 전희준을 따라 올라온 윤비아가 자신도 엄마를 돕겠다고 나서면서 뜻하지 않게 여대생들에게 인기를 얻기 시작했다.

전희준은 어린애가 오히려 사고를 칠까 봐 걱정돼서 못하게 했지만, 너무나 효심(?)이 지극한 비아가 고집을 부리자 어쩔 수 없이 매를 들어서라도 강제로 지하실로 내려 보내려는 것을 재중이 말렸다.

어차피 이곳에 오는 손님의 대부분이 여대생이니 비아가 딱히 위험할 것도 없었고, 어린애가 거의 한 달 가까이 지하실에 갇혀 지내다시피 했으니 어지간히 답답했을 것 같아서 재중이 괜찮다고 허락해 준 것까지는 좋았다.

그런데 그 엄마에 그 딸인가?

누가 시키지도 않았는데 테라가 복종 마법을 걸어놓은 고양이과 강아지들의 뒤처리를 하려고 한 것이다. 한데 이미 복종 마법으로 훈련 자체가 완벽하게 되어 있는 녀석들이니 윤비아가 더 할 일이 없었다.

그러자 스스로 자신이 할 수 있는 일을 찾아서 움직이기 시작한 것이다.

그리고는 어린 나이에 어떻게 알았는지 모르지만 귀여움이 여대생들에게 어필한다고 판단한 듯했다.

며칠이 지나자 귀여운 비아가 마수를 여대생들에게 뻗기 시작했다.

"저 새로 일하게 된 윤비아예요~ 잘 부탁드려요~"

이제 예닐곱 살 정도로 보이는 여자애가 다가와서 인사하면서 필요한 것이 있으면 찾아달라고 말하는 모습에 여대생들은 처음에는 당황했다. 하지만 며칠이 지나자 상황은 완전 바뀌어 버렸다.

단 며칠 사이에 재중의 카페 마스코트가 되어버린 비아였다.

거기다 엄마 일을 도와준다는 사실이 알려지면서 일부러 비아에게 먹을 것을 챙겨주거나 글자를 모르는 비아를 가르치는 여대생까지 생겨날 정도였다.

국내에서 알아주는 수재들이 모이는 곳이 미화여대이다.

그리고 비아는 그런 수재들 틈에서 한글부터 숫자, 덧셈과 뺄셈은 기본이고 구구단까지 자연스럽게 배우기 시작한 것이다.

학원비 한 푼 들이지 않고 국내 최고 수재들에게서 말이다.

ㅡ마스터, 혹시 알고 데려오신 거 아니에요?

상황이 이쯤 되니 테라도 재중이 전희준과 그녀의 딸 윤비아를 그냥 데려왔다는 말을 순순히 믿기 어려운지 재중에게 되물어보는 지경이 되었다.

"뭐, 스스로 한 발 내딛는 법을 배웠나 보지."

고아원에서는 자기가 할 일을 스스로 찾아서 하는 것이 너무나 당연했기에 어리지만 비아의 행동이 오히려 기특해 보인 재중은 대수롭지 않게 여겼다.

오죽하면 아르바이트생으로 있는 유혜민, 유새민 자매도 비아에게 학교 가기 전에 하나라도 더 가르쳐 주려고 아르바이트가 끝나도 곧장 가지 않고 공부를 봐주고 있으니 말이다.

요즘은 학교에 입학하기 전에 학원에서 이미 한글은 기본이고 산수와 영어까지 모두 배운 뒤 학교를 가는 애들이 대부분인 세상이라 그녀들의 시선으로 본 비아는 너무나 안타까웠다.

엄마를 돕기 위해 어린 나이에 카페에서 누가 시키지도 않았는데 노력하는 모습을 보고 있자면 자신들은 비아 나이에 뭘 했는지 기억조차 못한다는 것을 깨닫고 부끄러워졌다.

하지만 반대로 저런 착한 애가 학교에 가서 다른 애들에게 뒤처진다는 것에 화가 난 것이다.

거기다 요즘 초등학교에서는 성적이 뒤떨어지거나 가정 형편이 좋지 않으면 왕따까지 시킨다는 말도 있었다.

처음에는 그저 시간이 남는 여대생 몇 명이 비아의 공부를 봐주기 시작했다.

그런데 어쩌다 보니 조금씩 사람의 숫자가 늘어나기 시작해 결국 바로 지금의 모습이다.

국문과는 국어를, 수학과는 산수를, 영문과가 영어를, 이런 식으로 아예 파트별로 나눠서 따로 맡아서 집중적으로 가르치기 시작했다.

그런데 정말 놀라운 것은 비아가 그 모든 것을 스펀지처럼 빨아들여 금방 배운 것이다.

가르치는 사람의 입장에서 하나를 가르쳐서 다음날 모두 기억하고 있으면 당연히 기분이 좋을 수밖에 없다.

가르치는 보람이 있다고나 할까?

하나를 가르치면 열을 아는 천재는 아니지만 가르친 것은 확실하게 기억하고 자기 것으로 만드는 비아의 모습에 오히려 여대생들이 열성적으로 가르치는 분위기가 되었다.

종내엔 카페 손님의 2할이 비아를 가르치는 재미로 카페를 찾아올 정도였다.

"저기… 죄송해요. 딸아이가……."

전희준은 자신의 딸이 손님들 사이에 돌아다니면서 공부를 배운다는 것을 얼마 전에서야 알게 되었다. 가게에서 어린애가 손님들한테 귀찮게 하는 것을 대부분 싫어한다고 알고 있기에 재중에게 사과했지만,

"괜찮아요. 오히려 미화여대생을 자신의 과외선생으로 만든 비아가 더 대단한 거죠."

비아가 손님들에게 다가간다고 해서 카페 매상이 떨어진 것도 아니었다.

그렇다고 손님들이 싫어하지도 않았다.

오히려 여대생들이라는 특성 때문인지 은근히 비아가 자신의 테이블로 오기를 바라는 사람도 제법 많았다.

상황이 이런데 재중이 굳이 막을 필요가 있을까? 전혀 없었다.

오히려 재중은 비아가 카페에 어느 정도 매상에 도움이 된다고 판단하고 있기에 윤비아에게도 시급을 줄 생각이다.

일을 하면 돈을 벌 수 있는 것을 아직 어리지만 똘똘한 비아라면 깨달을 것을 안다. 그렇기에 재중만의 방식으로 가르쳐 주려는 것이다.

전희준은 재중이 월급을 줘도 자신이 받은 것에 비하면 이런 것을 받으면 벌 받는다면서 결코 받으려 하지 않았기에 비아를 통해서 줄 생각이었다.

재중이 전희준 모녀를 데리고 온 것은 자신의 선택이었다.

끝까지 보살펴 줘야겠다는 생각이 들었기에 데리고 온

것이다.

그렇기에 재중은 자신이 구해준 것과 지금 카페에서 모녀가 일하면서 도움이 되는 것은 별개로 생각했다.

일하면 대가를 받아야 한다.

이건 개인적이긴 하지만 재중만의 철학이다.

자신이 고아원을 뛰쳐나와 길거리 생활을 할 때 받았던 고통 때문인지 몰라도 일하면 대가를 받아야 한다는 것에는 그 누구보다 철저한 것이다.

딸랑~

"테라, 빈 테이블 없다고 알려 드려라."

가끔이지만 빈 테이블이 없다는 푯말을 내걸어도 들어와서 기다리겠다는 경우가 있기에 재중은 테라에게 시키고 3층으로 올라가려는데 테라가 재중을 불렀다.

—마스터.

"왜?"

—마스터를 찾아온 손님이에요.

"날?"

뜬금없이 자신을 찾아왔다는 말에 혹시 검예가에서 사람이 왔는가 싶었다.

고개를 돌려보니 50대 중후반으로 보이는 남자가 서 있다.

깔끔한 정장 차림에 정갈한 머리 모양부터 전체적인 겉모습만 봐도 나름 어느 정도 사회적 위치가 있어 보이는 남자였다.

재중이 다가가서 인사를 하자,

"선우재중 씨 되십니까?"

"네, 제가 선우재중입니다."

재중은 상대가 정중하게 인사를 하기에 받아주긴 했지만 전혀 기억에 없는 남자였다.

딱히 인간관계가 그리 넓지 않은, 아니, 엄청 좁은 재중은 그렇게 좁은 인간관계 중에서도 남자라면 정말 손에 꼽을 만큼 아는 사람이 적었기에 굳이 기억을 더듬어보지 않아도 되었다.

"저기, 잠시 이야기 좀 나눌 수 있겠습니까?"

상대의 눈동자를 보니 뭔가 목적을 가지고 왔다는 것을 알 수 있었지만 구체적인 것은 알 수가 없었다.

다만 상대가 살의나 적의가 없기에 우선 이야기나 들어보자는 생각이 들었다. 재중은 남자를 데리고 조용히 카페 밖으로 나가 재중이 커피를 마실 때 자주 가는 작은 테라스로 자리를 옮겼다.

"처음 뵙겠습니다. 우선 전 천산그룹에서 나왔습니다. 그리고 이걸……."

천산그룹에서 나왔다고 말한 중년인이 품에서 명함을 꺼내 내밀었는데 '천산그룹 이사 권성진'이라고 쓰여 있다.

"천산그룹의 이사님이시군요. 하지만 전 그쪽과 아무런 인연이 없는데요?"

생각해 볼 것도 없이 재중은 천산그룹과 연관 자체가 없기에 아예 대놓고 물어봤다.

"알고 있습니다. 다만 부탁드릴 것이 있어 찾아왔습니다."

"부탁이라니요?"

뜬금없이 천산그룹의 이사라는 사람이 찾아와서 부탁이 있다는 소리에 재중이 고개를 갸웃거렸다.

"기 치료를 하신다고 들었습니다."

"……."

권성진의 말이 끝나자마자 순간 재중의 눈동자가 차갑게 가라앉으면서 똑바로 그를 쳐다보았다.

"어디서 들으셨습니까?"

재중이 기 치료를 한다는 것을 아는 사람은 현재 검예가 사람들 외에는 없었다.

검예가의 가주를 치료할 당시 옆에 있던 병원의 의사와 간호사들의 기억을 지워 버렸기에 딱히 재중이 기 치료를 한다는 것을 아는 사람을 꼽으라면 한 군데뿐인 것이다.

권성진도 재중의 분위기가 일순간 차갑게 변했다는 것을 알아차렸는지 조심스럽게 되물었다.

"혹시 검예가를 아십니까?"

역시나였다.

재중이 기 치료를 한다는 것을 아는 사람은 검예가뿐이니 말이다.

하지만 박인혜도 그렇고 가주도 그렇고 딱히 그걸 외부에 퍼뜨리지 않을 것이라고 생각했다.

물론 철저하게 비밀로 하라고는 하지 않았지만, 자신의 수명을 깎아서 기 치료를 한다고 뻥을 쳤기에 함부로 소문 낼 사람들은 아니라고 판단한 것이다.

그런데 그런 재중의 생각이 빗나가 버렸다.

지금 찾아온 천산그룹의 권성진 이사 때문에 말이다.

"압니다."

여전히 날카로운 분위기를 유지한 채 재중이 대답했다.

"그쪽에서 들었습니다. 폐암 말기인 검예가의 며느님과 온몸에 암세포가 전이된 가주님까지 치료했다고 말입니다."

"……"

상황이 이 정도면 바보라도 권성진이 무엇 때문에 자신을 찾아왔는지 불 보듯 뻔했다.

재중은 오히려 더욱 눈빛이 날카롭게 변했다.

"그럼 그것도 들으셨습니까?"

"네?"

"그 기 치료가 제 수명을 깎아서 치료한다는 것을 말입니다."

재중이 나직하면서도 묵직한 목소리로 말하자,

"헉! 그게… 무슨……?"

당황하기 시작하는 권성진이었다.

그리고 재중은 여기서 살짝 의문이 들었다.

분명히 박인혜와 가주에게는 자신의 기 치료가 수명을 대가로 치료하는 것이라고 말했다.

물론 실제로 그렇진 않고 암을 감쪽같이 치료하는 자신의 능력에 대해서 의심을 피하려고 한 거짓말이다. 하지만 그들은 감쪽같이 믿었다.

만약에 그들의 입에서 재중의 정보가 새어 나갔다면 당연히 이것도 알고 있으리란 생각에 물어본 것인데 권성진은 전혀 모르는 눈치였다.

아니, 눈동자를 통해 확인해 보니 정말 모르고 있었다.

"모르셨습니까?

"네? 네, 정말 몰랐습니다. 하지만… 왠지 이해가 되기도 하는군요."

목숨이 오늘내일하는 사람을 감쪽같이 치료하는 기 치료이다.

당연히 무슨 약을 먹고 낫는 것처럼 간단할 리가 없는 것이다.

권성진도 뒤늦게 재중의 기 치료가 목숨을 대가로 하는 치료라는 말에 깨달음과 동시에 난감해했다.

반면 재중은 직감적으로 자신의 정보가 흘러나간 곳이 검예가는 맞지만 가주나 박인혜는 아니라고 판단했다.

"누구에게 들으셨습니까?"

지금 재중에게 중요한 것은 누구에게 들었냐는 것이다. 재중이 다시 나직하게 물어보자, 권성진은 스스럼없이 말했다.

"숨길 것도 없겠지요. 검예가의 수제자 중에 한 분인 김인철님에게 들었습니다."

"……."

그 말을 듣는 순간 재중은 김인철이라는 녀석을 그냥 놔둔 자신의 판단을 다시 생각해 봐야겠다고 마음먹었다.

재중에 관한 정보는 검예가 내에서도 나름 고급 정보였을 것이다.

어쩌면 가주의 허락 없이 재중에 관한 것을 외부로 발설하는 것이 안 될지도 몰랐다.

자신의 목숨을 구해준 재중을 그렇게 홀대할 만큼 개념 없는 가주가 절대로 아니었으니 말이다.

재중이 보고 판단한 가주는 그러했다.

하지만 현실은 재중에 관한 정보가 외부로 흘러나가 버렸다.

그것도 수제자라는 김인철이라는 녀석을 통해서 말이다.

벌떡!

재중은 더 이상 들어볼 것도 없다는 듯 일어섰다.

"그만 돌아가십시오. 전 더 이상 기 치료를 하지 않습니다."

매몰차게 한마디 하고는 재중이 돌아서 버리자,

"도와주십시오. 이제 스무 살이 된 아가씨가 죽어가고 있습니다. 제발… 도와주십시오."

털썩!

재중을 향해 무릎을 꿇고 엎드려 버린 권성진이다.

슬쩍 고개만 돌려 그 모습을 바라본 재중은 걸음은 멈췄지만 냉정한 목소리로 말했다.

"권성진 씨, 당신이라면 일면식도 없는 사람을 위해 자신의 목숨을 희생하라면 하겠습니까?"

"그, 그, 그건… 하지만……."

차마 재중의 말에 대답하지 못한 그는 말을 할 듯하더니 고개를 숙여 버렸다.

그도 알고 있는 것이다.

세상천지 누가 생전 처음 보는 사람을 위해서 목숨을 희생하겠는가?

당장 죽지는 않는다고 해도 그것을 강요하는 짓을 해선 안 된다.

하지만 그로서도 재중을 쉽사리 포기할 수가 없었다.

이제는 의사들도 포기해 버린 상황이다.

죽을 날만 기다리는 모습을 보고 있을 바엔 차라리 어떻게든 재중을 설득하자는 쪽으로 결심한 듯 물었다.

"검예가는 어째서 도와주신 겁니까?"

자신이 알아본 바에 의하면 검예가도 재중과 일면식이 없기는 마찬가지였다.

하지만 검예가는 박인혜와 가주를 살려주었는데 자신이 살리려는 아가씨는 안 된다는 것은 도무지 납득이 가지 않았던 것이다.

하지만 그 질문이 오히려 역효과가 났다.

"저에게 지금 따지시는 겁니까?"

"그, 그건 아닙니다."

재중의 차가운 눈동자를 마주하고 뒤늦게 자신의 실수를 깨달은 권성진이 후회했지만 이미 늦어버렸다.

"검예가는 왜 도와주었냐고 물으셨지요? 인연이 닿았기 때문이라면 대답이 되었습니까?"

"그게… 무슨……."

재중의 대답에 권성진은 머릿속이 잠시 멍해지는 느낌을 받았다.

인연이 닿아서라니? 어떻게 들으면 뭔가 깊은 의미가 있는 듯하지만 권성진이 듣기에는 그저 재중이 도와주고 싶어서 도와줬다는 말로 들릴 수밖에 없었다.

"선우재중 씨, 인연이야 만들면 되는 것이 아닙니까. 저희 천산그룹이 돕겠습니다. 여동생 분을 찾으러 곧 외국으로 나가야 하신다는 것을 들었습니다."

섬뜩!

권성진은 순간 자신이 말하고 난 뒤 재중의 분위기가 무섭게 변했다는 것을 느꼈다.

온몸이 칼로 찌르는 듯한 느낌도 동시에 받았다.

"그런 것까지 들었습니까? 저에 관해서 말이지요."

천천히 느린 듯 말하지만 권성진은 태어나 처음으로 사람의 눈동자가 이토록 무섭게 느껴질 수 있다는 것을 처음 깨달았다.

권성진이 이렇게 느끼는 것은 어쩌면 당연했다.

지금 재중은 순간적으로 화를 참지 못하고 살기를 뿜어

내고 있었으니 말이다.

재중은 설마 김인철이라는 놈이 자신이 여동생을 찾고 있다는 정보까지 흘렸을 거라고는 생각지도 못했다.

천산그룹에서 여동생을 찾는 것을 조건으로 내걸겠다는 말을 듣는 순간 재중은 순간적이지만 분노가 끝까지 치솟 았다가 겨우 다시 가라앉혔다.

아직 검예가는 재중이 여동생을 직접 만났다는 것을 모르고 있으니 말이다.

텔레포트로 알래스카를 다녀온 재중이었으니 그들로서 는 알 방법이 없다.

하지만 여동생에 대해서까지 정보가 새어 나갔다는 것이 재중의 심기를 심하게 건드린 것은 사실이다.

"돌아가십시오. 전 남의 약점을 가지고 거래하는 사람들 은 상대하지 않습니다."

"…그게 아닙니다. 결코 약점을 가지고 그러려던 것은… 결코 아닙니다."

권성진은 지금 이 순간 자신의 머리카락을 모두 쥐어뜯고 싶은 심정이었다.

아무리 다급하기로서니 해서 될 말과 절대로 해서는 안 될 말이 있는 법이다.

그런데 재중이 단칼에 거절하면서 들어줄 것 같지 않자

결국 마음이 앞서서 재중의 약점을 거래 조건으로 내거는 결정적인 실수를 해버린 것이다.

의술을 이용해서 치료를 한다면 얼마든지 돈으로 대가를 지불할 용의가 있는 천산그룹이다.

하지만 자신의 수명을 사용해서 하는 치료라면 상황이 완전 달라져 버린다.

설득하는 것, 그 외는 전혀 방법이 없었다.

이 세상에 자기 목숨보다 더 소중한 게 있을 리가 없으니 말이다.

억만금을 준다고 해도 자기 목숨보다는 값어치가 없는 것이 당연했다.

그런데 그런 재중에게 여동생을 찾는 것을 도와준다고 말한 것은 불난 집에 기름을 쏟아부은 셈이나 마찬가지인 것이다.

"돌아가세요!"

"흡."

재중의 눈동자가 살짝 은색으로 바뀌었다가 다시 검은색으로 돌아왔다.

권성진은 자신도 모르게 일어서더니 멍한 눈동자와 함께 느릿한 걸음으로 골목 안으로 사라져 버렸다.

그렇게 권성진이 완전히 사라지자 재중은 인상을 찡그리

면서 내뱉었다.

"젠장, 나도 모르게 진심으로 화를 내다니……."

상대는 평범한 사람이다.

비록 드래곤 아이와 같이 살기를 유형화해서 상대에게 날린 것은 아니지만, 일반적인 평범한 사람이 아주 잠깐이라도 재중의 살기를 당하게 되면 정신적으로 타격이 남을 수밖에 없다.

여동생에 관해서라면 이상하게 감정의 컨트롤이 잘 되지 않는 스스로에게 자책하는 마음도 약간은 포함되어 있기도 했다.

―마스터, 김인철이라는 놈, 당장 죽여 버릴까요?

눈빛에 살기를 가득 담은 테라가 재중에게 나가오면서 말했지만 재중은 고개를 저었다.

"아직은 아니야. 어차피 비밀로 한 것도 아니었으니까."

―하지만 그 녀석이!! 감히 마스터의 여동생 분을!!

테라는 마치 자신이 모욕을 당한 것처럼 화를 내고 있지만 재중은 그런 테라의 머리를 쓰다듬으면서 달랬다.

"걱정해 줘서 고마워. 지금 그 녀석을 죽이는 것은 어렵지 않아. 하지만 그 대신 검예가를, 아니, 김인철의 뒤에 숨어 있는 녀석들을 상대해야 할지도 몰라."

―까짓것, 그냥 제가 헬파이어로 통째로 날려 버릴게요!

흔적도 없이!

재중이 허락만 하면 아마 당장 지구상에서 검예가의 본가는 영원히 사라져 버릴 것이다.

하지만 그건 재중이 원치 않았다.

애초에 자신의 선택으로 인해 벌어진 일이니 말이다.

"우선 검예가의 가주를 만나서 이야기해 보고 그래도 안 된다면……."

재중의 눈빛이 날카롭게 변하더니 차갑게 한마디를 내뱉었다

"김인철이라는 녀석은 지워 버린다. 이 세상에서."

아무리 화가 난다고 해도 사람 사이에는 절차라는 것이 있는 법이다.

우선 재중은 검예가에서 자신에 대한 정보가 새어 나갔다는 것을 검예가의 가주에게 알릴 것이다.

그리고 지켜볼 생각이다.

검예가에서 김인철을 어떻게 처리하는지를.

만약 검예가에서 김인철의 편에 서서 대변한다면 결국 그 나물에 그 밥이라는 결론이니 다른 방법이 없었다.

여동생의 안전 때문이라도 그대로 남겨둘 수는 없었다.

아직 알래스카에 연아가 있다는 것을 아는 사람은 재중과 테라, 그리고 흑기병뿐이었지만 확실한 위험을 남겨둘

만큼 둔한 재중은 아니었다.

당연히 검예가 전체가 재중에게는 적이 될 것이 분명하지만 선우연아에 비하면 값어치는 한없이 작은, 아주 작은 인연일 뿐이다.

지구로 돌아와 맺은 첫 인연이기에 나름 재중도 신경을 쓰고 좋은 쪽으로 기억하고 싶은 마음이 있지만 세상사가 어디 마음먹은 대로 되던가?

어제의 친구가 내일의 적이 될 수도 있는 게 세상살이다.

테라도 그런 재중의 생각을 느꼈는지 화가 풀어진 것은 아니지만 조용히 카페 안으로 들어가 버렸다.

지금 이 순간 가장 화가 난 사람은 다름 아닌 재중이었으니.

"저 선우재중입니다."

―재중 씨가… 어쩐 일이세요?

테라가 들어가자 재중은 곧바로 박인혜에게 전화를 걸었다.

"가주님을 뵈었으면 합니다."

별다른 설명도 없이 바로 가주를 보고 싶다고 하자 박인혜도 얼떨떨한지 목소리가 낮아졌다.

―아버님을요? 무슨 일 있나요?

재중이 부탁했던 자료를 넘겨준 뒤로는 재중이 먼저 자

신들과 거리를 두려고 했기에 그런 재중의 마음을 배려해서 박인혜도 검예가의 가주도 일부러 모른 척 지내고 있었다. 그런데 뜻밖에도 재중으로부터 먼저 전화가 오자 놀란 것이다.

이대로 시간이 흘러가면 재중의 의도대로 검예가와 재중의 사이는 자연스럽게 희미해져 버릴 거였다.

"그냥 뵙고 말씀드리고 싶습니다만."

말을 아끼는 재중의 모습에 박인혜는 여자의 직감으로 뭔가 일이 생겼다는 것을 느꼈는지 더 이상 물어오지 않았다.

─그럼 언제쯤 오신다고 말씀드릴까요?

"지금 찾아뵈었으면 합니다."

─지금요?

우선 재중의 목소리에서 느껴지는 것도 뭔가 그리 좋지 않았고, 당장 찾아오겠다는 말에 무슨 일이 생겼다는 확신이 들었다.

"네, 바쁘시지 않다면 말입니다."

재중이 서두르는 듯하자 잠시 생각해 보던 박인혜가 답했다.

─며칠 전부터 찾아오는 손님도 적어져서 말씀드리면 시간이 될 거예요.

어차피 가주의 성격상 재중이 찾아왔다고 하면 없는 시간도 만들어서 만날 테니 그리 어려운 것이 아니기도 했다.

다만 좋은 일로 오는 것 같지 않다는 불안감이 그녀의 마음을 조금씩 흔들고 있을 뿐이다.

"그럼."

Chapter 08
잔머리

"사실이냐고 물었다!!"

노기로 인해 피부가 따끔거릴 만큼 살기를 뿜어내는 검예가 가주는 자신의 앞에 엎드려 있는 젊은 남자를 향해 노발대발 화를 내고 있는 중이다.

그런데 오히려 가주의 분노를 고스란히 받고 있는 젊은 남자는 엎드려 있긴 하지만 목소리는 차분하기만 했다.

"사실입니다, 스승님."

"뭣이라!!"

부들부들.

너무나 화가 나서일까?

주먹을 쥔 손이 떨린다는 것도 느끼지 못하고 있는 중이다.

재중이 찾아와서 자신에 대한 소문이 새어 나가 천산그룹에서 사람이 찾아왔다는 말을 들을 때만 해도 아닐 거라고 했다.

자신이 신신당부했기에 그럴 리가 없다고 말이다.

재중이 천산그룹 권성진 이사의 명함을 내밀면서 그가 가주의 수제자 중에 한 명인 김인철에게 이야기를 듣고 찾아왔다는 말을 듣는 순간까지도 마지막까지 아니길 바라는 마음이 있었다.

하지만 설마 했던 제자의 입에서 확인을 받자 충격과 함께 분노가 뿜어져 나올 수밖에 없었다.

"네놈이 지금 그게 뚫린 입이라고 지껄이는 것이냐!! 감히 내가 은인에 대한 것은 잊으라고 신신당부했건만 어찌 그걸 떠벌리고 다닌단 말이냐!! 말해보아라!"

제법 떨어진 곳에 있는 박인혜도 가주의 몸에서 뿜어져 나오는 살기를 버티지 못하고 어쩔 줄 몰라 하고 있는 상황인데 바로 눈앞에 있는 김인철은 태연하기만 했다.

아니, 오히려 가주가 물어보기를 기다렸다는 듯 천천히 허리를 펴고 똑바로 가주를 바라본다.

"스승님께서는 저희에게 언제나 천산그룹과 검예가는 한 핏줄을 이은 형제나 마찬가지라고 하셨습니다."

"그래서 지금 내 명을 어긴 것을 용서받을 수 있다고 생각하는 것이냐!!"

오히려 또박또박 대답하는 김인철의 모습에 더욱 화를 내는 가주이다.

하지만 오히려 그럴수록 그의 목소리는 차분해지고 있었다.

"스승님도 아시다시피 천산그룹의 천 회장님 손녀 분이 암으로 올해를 넘기지 못한다는 것을 아시지 않습니까? 어찌하여 스승님은 그걸 모른 척 외면하신단 말입니까? 이 제자, 도저히 그렇게는 할 수가 없었습니다."

"허……."

가주는 김인철을 말을 듣고는 순간 할 말이 없어져 버렸다.

분명히 잘못하긴 했지만 그렇다고 지금 김인철을 벌하게 되면 가주로서 입장이 곤란한 상황이 되어버렸다.

가주는 항상 천산그룹과 검예가를 친형제로 소개했고, 어릴 때부터 김인철은 그런 천산그룹의 직계 자손들과 친하게 지냈다.

서로 좋아한다면 결혼도 시킬 정도로 친한 것을 가주가

어찌 모르겠는가?

그리고 김인철의 말도 일리가 있었다.

그토록 검예가를 도와준 천산그룹을 가주가 모른 척한 것이나 마찬가지이니 말이다.

"인철아."

확실히 말이 먹혀들었는지 가주의 화가 많이 누그러진 목소리로 자신을 부르자 김인철이 은근슬쩍 일어섰다.

"네, 스승님."

"은인이 나와 며늘아기를 치료하기 위해서 은인이 무엇을 희생했는지 말해주지 않은 내 잘못이 크구나, 커."

뒤늦게 가주는 재중에 대해서 입을 다물라는 명령을 하면서 기 치료를 위해서 필수적으로 재중이 자신의 수명을 깎아서 치료했다는 것을 이야기하지 않았다는 것을 기억해 냈다.

자신의 실수를 뒤늦게 기억해 낸 이상 더 이상 화를 낼 수가 없었다.

"아닙니다, 스승님. 이 제자, 스승님의 지엄하신 말을 어겼으니 무슨 벌이든 달게 받겠습니다."

그런데 김인철은 오히려 더욱 자신의 잘못을 빌면서 가주 앞에 오체투지했다.

하지만 그런 가주와 김인철의 모습을 조금 떨어진 곳에

서 가만히 지켜보던 재중은 이런 상황에 전혀 어울리지 않게 피식 웃고 있었다.

노골적으로 입가에 미소를 보이면서 말이다.

'잘 짜인 각본이었군. 처음부터.'

재중은 김인철이 가주에게 불려왔을 때 자신을 힐끔 쳐다보는 것을 보고 알았다.

당연히 가주는 불같이 화를 내고 있고, 김인철은 영문을 몰라야 하는데도 이상하게 침착하다는 것이 재중의 심기를 건드리고 있었다. 그리고 마치 몇 번이라도 연습한 것처럼 자연스럽게 가주의 질문에 대답하는 모습을 보자 웃을 수밖에 없었다.

애초에 김인철은 이렇게 상황이 되리라는 것을 알고 있었던 것이다.

재중이 가주를 직접 찾아와서 따질 것이라는 것도 말이다.

가주가 말해주지 않았다고 정말 그가 재중이 자신의 수명을 깎아서 기 치료를 했다는 말을 듣지 못했을까?

재중은 오히려 반대로 모든 것을 알고서 천산그룹에 재중에 대해서 이야기했다고 생각했다.

"크크크크큭."

마치 잠깐 연극을 본 듯한 기분에 실소를 터뜨리지만 오히려 그럴수록 재중의 기분은 더욱 더럽게만 느껴지는 중이다.

'죽여 버릴까?'

잠깐이지만 이 자리에서 김인철의 목을 잡아 뜯어버릴까 생각한 재중은 그런 자신의 모습에 오히려 웃음이 나왔다.

겨우 저런 잔머리 굴리는 녀석의 계획대로 자신이 움직였다는 것도 그렇고, 이미 일이 벌어지고 나서야 알았다는 것에 방심한 스스로를 바보 같다고 생각한 것이다.

그리고 이 순간 김인철은 재중에게 그저 귀찮은 녀석에서 죽여 버려야 할 녀석으로 등급이 올라가는 영광을 얻었다.

본인이 원하든 그렇지 않든 말이다.

"돌아가 보거라."

이미 상황은 김인철에게 죄를 물을 수 없도록 흘러가 버렸다.

아니, 그가 처음부터 그렇게 흘러가도록 치밀하게 각본을 짜놓은 상태였으니 당연했다.

"스승님, 정말 죄송합니다. 이 못난 제자 물러나겠습니다."

마지막까지 자신이 죽을죄를 지었다는 말과 함께 물러나자 그제야 가주가 재중을 향해 다가왔다.

"미안하게 되었네. 자네를 볼 면목이 없구만."

가주가 재중에게 고개를 숙이는 상황이 벌어지는 것으로 김인철이 짜놓은 각본이 완성된 것이다.

"아닙니다."

재중도 여기서 더 이상 추궁할 수가 없다는 것을 알고 있기에 별수 없이 그냥 넘어가기로 했다.

그런데 재중의 생각과 달리 그것으로 김인철의 각본이 끝난 것이 아니었다.

"하지만 재중 군, 면목이 없지만 이번 한 번만 도와주면 안 되겠나?"

"......."

재중은 가주가 고개를 숙이면서 오히려 천산그룹 천 회장의 손녀를 살려달라고 말하는 모습에 거절하려다가 잠시 생각해 보겠다고 말할 수밖에 없었다.

방금 가주의 말로 인해 김인철이 최종적으로 노린 것이 무엇인지 깨달은 것이다.

'대단한 잔머리군.'

김인철은 재중이 방금 가주의 부탁을 거절하게 되면 그걸 계기로 검예가의 가주와의 거리감을 만들어낼 명분을 얻을 속셈인 것이다.

아니, 애초에 재중을 이용해서 천산그룹의 손녀를 치료

하는 것은 부가적인 목적이었다.

진짜 목적은 화가 난 재중이 가주의 부탁까지 거절하게 해서 그것을 계기로 검예가와 재중의 사이가 멀어지도록 만들려고 한 것이다.

그것을 알고 나자 왠지 거절하기가 싫어졌다.

물론 승낙한다고 해도 김인철의 계획대로 되는 것은 마찬가지였다.

하지만 진짜 목적이 뭔지 알게 된 만큼 그것만큼은 해주기 싫었을 뿐이다.

―대륙에서 태어났다면… 아마 대륙이 드래고니안이 아니라 저 녀석 때문에 몸살을 앓았을지도 모를 녀석이네요.

테라도 김인철의 잔머리에 홀라당 넘어가서 깨끗하게 당했다는 것을 알고는 혀를 내둘렀다.

테라조차도 설마 이런 계획을 가지고 녀석이 일을 저질렀을 거라고는 생각하지 못했으니 말이다.

아니, 재중도 마지막 가주의 부탁은 끝까지 몰랐을지도 몰랐다.

민감하면서도 넓은 범위를 느낄 수 있는 그의 감각이 가주의 축객령에 뒤돌아가던 김인철의 입가에 그려진 미소를 보지 못했다면 말이다.

재중은 굳이 바래다주겠다는 박인혜를 돌려보내고 혼자 걸어서 검예가를 벗어났다. 오랜만에 뒤통수를 맞은 충격에서 벗어날 겸 생각도 정리할 겸 해서 걷는 것이다.

부지런히 걸어야 하루 한 끼라도 얻어먹을 수 있었던 길거리 생활 시절에 몸에 익은 습관 때문인지 걸으면서 생각하는 것을 좋아하는 재중이다.

—어떻게 하실 거예요, 마스터?

재중이 이렇게 생각에 걸으면서 생각할 때는 꼭 해결책이 나왔다는 것을 알고 있는 테라이기에 조용히 기다렸다가 물어본다.

"내가 천산그룹의 손녀를 치료해 주면 모든 것이 자신이 말해줘서 이뤄진 일이라고 떠벌리고 다니겠지, 아마도?"

은연중에 말하는 사이사이에 진한 살기가 흘러나오는 것을 느낀 테라는 입가에 미소를 지으면서 말했다.

—그 말은 마스터는 재주 부리는 곰, 그리고 김인철이라는 녀석은 그렇게 치료해 주고 빠질 것이 분명한 마스터를 대신해서 이득을 챙기는 조련사쯤 되려나요?

제법 적응을 마친 것인지 이제는 속담까지 인용해서 정확하게 비유를 하는 테라였다.

"짜증 날 것 같아."

재중이 하늘을 쳐다보면서 한마디 하자,

—차라리 이렇게 된 거, 마스터께서 천산그룹을 손에 넣는 건 어때요?

"응?"

뜬금없는 테라의 말에 하늘을 보던 재중의 시선이 내려왔다.

—알아보니 현재 20세, 암을 앓기 전의 사진을 보니 저만큼은 아니지만 나름 예쁘던데요? 거기다 천산그룹에 직계 자손이잖아요. 마스터께서 치료해 주고 그걸 빌미로 손녀의 마음을 움켜쥐면 김인철이라는 녀석은 낙동강 오리알 신세가 되지 않겠어요?

테라도 알고 있는 듯했다.

김인철은 재중이 그동안 가주와 박인혜를 치료해 주고 조용히 사라진 것처럼 이번에도 분명히 천산그룹의 손녀를 치료해 준 뒤 조용히 사라질 것이라고 판단했을 것이다.

그럼 그렇게 사라진 재중의 빈자리는 누가 차지할까?

100% 확률로 자신하는데 김인철이 슬쩍 들어와 차지할 것이 뻔했다.

한마디로 김인철이 천산그룹에 재중의 존재를 흘릴 때부터 거절하든 승낙하든 이미 자신의 의도대로 상황이 흘러가도록 짜여 있다는 것이다.

재중의 마음 같으면 아예 완전히 무시하고 검예가와 사

이가 나빠지든 말든, 그들이 어떻게 생각하든 상관하기도
싫었다.

하지만 그렇게 한다면 녀석의 의도대로 흘러가는 것이
짜증 나서 하기 싫은 것이다.

그렇다고 천산그룹의 손녀를 치료하는 것이 딱히 내키는
것도 아니다.

일면식도 없는 여자를 왜 치료해 줘야 한단 말인가?

물론 수명이 깎이거나 하지는 않지만 손녀를 치료해 주
는 순간 분명히 재중의 존재가 드러날 수밖에 없다.

그럴 경우 처음 지구로 넘어올 때 생각한 평범한 삶을 살
아간다는 계획이 틀어져 버릴 것이다.

그것도 확실하게 높은 확률로 말이다.

하지만 무시하기에는 겨우 그딴 녀석의 손아귀에서 놀아
난다는 것이 짜증 났다.

동시에 테라의 말이 결정적이었다.

―작은 마스터께서 곧 한국에 오실 텐데 이왕이면 국내
그룹 1위인 천산그룹과 친한 모습을 보여주는 것도 오빠로
서 위엄이 서지 않을까요?

재중의 아킬레스건이자 최대 약점인 선우연아를 슬쩍 테
라가 끄집어내자 마음이 움직일 수밖에 없었다.

"쩝, 우선은 녀석의 의도대로 움직여 줘볼까?"

재중은 결국 천산그룹의 천 회장 손녀를 치료해 주기로 결심을 굳혔다.

아니, 애초에 재중이 가주 앞에서 거절하지 않은 순간부터 어쩌면 선택은 하나였을지도 몰랐다.

―마스터, 정말요?

"뭐, 테라 네 말대로 어디 한번 국내 1위 재벌가랑 인맥 쌓아보는 것도 나쁘진 않겠지."

기왕 선택했다면 좋은 쪽으로 생각하려는 듯 재중이 푸념 섞인 투로 말했다.

테라는 드디어 자신의 계획이 단계를 밟아가듯 성공하고 있다는 것에 기쁘긴 했지만 뜻하지 않게 누군가의 계획 때문에 등 떠밀리듯 하는 것이 마음에 걸렸다.

하지만 처음부터 김인철이라는 녀석을 너무 쉽게 본 재중과 테라의 실수이기에 지금은 참아주기로 했다.

지금 당장은 말이다.

―마스터, 그런데요, 이왕 할 거라면 이펙트가 강하게 기억에 남도록 하는 것이 좋지 않을까요?

"이펙트가 강하게?"

무슨 말을 하고 싶은 건지 궁금한 재중이 테라를 쳐다보자,

―후후후후훗, 인간들은 자신의 눈에 보이는 것을 맹목

적으로 믿는 성격이니 이왕이면 화려하게 치료하자는 거예
요.

"……?"

재중이 손녀를 치료하는 방식은 모공에서 빠져나간 나노
오리하르콘이 환자의 몸에 들어가서 치료를 마치면 회수하
는 것으로, 당연히 옆에서 보기에는 그저 손만 닿았다가 떼
는 게 전부이다.

그래서인지 아무리 옆에서 살펴봐도 치료하는 방법을 알
리가 없다.

사실 그렇게 손만 대서 치료한다고 하면 누가 믿겠는가?

검예가의 가주를 치료했을 때도 그런 평범한 모습에 정
말 치료가 되었는지 병원에 가서 검사란 검사는 다 받은 가
주다.

그런데 테라는 치료를 해줘도 믿지 않고 다시 병원으로
가서 다시 검사를 받은 것이 불만이었던 것이다.

재중이 누군가?

대륙을 멸종의 위험으로부터 구한 영웅이자 인간 중에
유일하게 드래곤의 피를 각성한 존재이다.

그런 재중이 직접 치료를 해줬는데 의심이라니?

테라의 입장에서는 당연히 기분이 나빴다.

그러다 보니 눈으로 본 것만 믿는 인간들의 특성을 생각

하면서 앞으로 재중이 누군가를 치료할 때는 화려하면서도 강렬한 인상을 주는 무언가가 필요하다고 생각하고 있었던 것이다.

때마침 천산그룹에서 다가왔으니 실행할 기회였다.

─화려하게, 그리고 화끈하면서도 평생 잊지 못할 기억을 남긴다면 마스터와 천산그룹과의 인맥은 더욱 돈독해질 수 있지 않겠어요?

"……."

물론 선택의 여지가 없는 상황이라 자의 반 타의 반으로 천산그룹의 손녀를 치료해 주긴 하겠지만, 어째 테라를 보니 너무 기분이 들떠 있는 듯 보인다.

그리고 테라가 저렇게 기분이 좋아질 때는 대부분 그녀의 생각대로 상황이나 분위기가 흘러갈 때이기에 살짝 의심스런 눈빛으로 바라봤다.

─왜 그러세요, 마스터?

마치 새끼 고양이가 어미를 쳐다보는 듯한 순진한 눈빛으로 바라보는데, 정말 여자란 존재는 예측이 불가능한 요물이라는 말이 실감나는 순간이다.

"아니야."

어차피 물어봐도 테라의 성격상 구렁이 담 넘어가듯 슬그머니 다른 쪽으로 이야기를 돌려서 빠져나갈 것이 뻔하기에 포기하고 그만둔 재중이다.

그가 태어나서 지금까지 가장 믿는 존재를 꼽으라면 일단 선우연아는 언급 자체가 불필요하고, 테라와 흑기병이 가장 일순위에 든다. 그만큼 대륙에서의 세월이 길기도 했고 둘이 언제나 한결같기 때문이다.

사실 재중의 마음에 따라 상황은 얼마든지 변할 수 있었기에 치료하기로 마음먹은 이상 거칠 것이 없었다.

곧바로 권성진에게 전화를 걸어 치료해 주겠다고 말하자,

─감사합니다! 정말 감사합니다!

스피커폰이 아닌데도 귀에 쩌렁쩌렁 울리는 목소리에 휴대폰을 살짝 귀에서 뗄 정도였다.

다만 재중도 조건을 걸었다.

"저에 대해서 누가 알고 있습니까? 천산그룹 내에서 말이죠."

재중의 질문에 권성진은 생각할 것도 없이 바로 대답했다.

─회장님과 사장님 내외분, 그리고 저만 알고 있습니다.

어차피 이걸 누구에게 말한다고 믿을 리도 없는 일이다.

손만 대었는데 암이 치료되고 사람이 살아났다? 솔직히 누가 믿을 수 있을까?

권성진도 사실 검예가 쪽에서 나온 정보가 아니었다면 사기를 쳐도 좀 그럴싸하게 치라면서 무시해 버렸을지도 모른다.

검예가에서 나온 정보라면 우선 신빙성에는 의심할 여지가 없을 만큼 믿음의 관계가 있었으니 재중의 존재를 무조건 믿고 달려든 것이다.

"현재 알고 있는 분 외에 더 이상은 누구도 저를 아는 사람이 없었으면 합니다."

─아, 알겠습니다. 모든 것을 불문에 붙이겠습니다.

대기업의 이사 자리에 있는 사람답게 권성진은 바로 재중이 하는 말뜻을 알아들었다.

"그럼 저는 그렇게 알고 있겠으니 오늘 저녁 제 카페가 끝나는 시간에 맞춰서 오십시오."

─네, 알겠습니다.

전화를 끊은 권성진은 곧바로 천 회장에게 전화를 걸었다.

어째서 재중이 마음을 바꿨는지는 중요하지 않았다.

이미 더 이상 의학의 힘으로는 어떻게 할 수 없을 만큼 벼랑 끝에 몰린 천 회장이나 권성진 이사는 재중 외에는 방법이 없다고 생각하고 있었다.

"알겠네. 그럼 권 이사에게 맡기지."

천 회장도 기쁜 마음에 전화를 한 권성진의 마음을 모르는 바 아니기에 우선 승낙했다.

하지만 사실 천 회장은 권성진만큼 재중을 신뢰하지는 않았다.

한 기업을 평생 이끌어오면서 정상에 올려놓은 인물이 바로 천 회장이다.

그런 사람이 검예가에서 나온 정보 하나만 보고 100% 믿기에는 도무지 믿을 수 없는 이야기뿐이었다.

권성진이야 검예가에서 가주에게 지도를 받다가 길을 바꿔 천산그룹에 들어온 인물이니 믿는 모양이지만 냉정하게 상식적인 기준에서 판단하는 게 버릇이 되어버린 천 회장은 그저 치료가 된다면 정말 다행이라 생각하는 것이다.

눈에 넣어도 아프지 않을 손녀가 아닌가.

그런 손녀가 이제 죽을 날만 기다리고 있다는 것이 현재 그에게 유일한 고통이었다.

하지만 가족이기에 완전히 냉정해질 수는 없지만 완전히 믿고 있지도 않다.

"지켜보면 알겠지."

천 회장은 직접 재중이 치료할 때 옆에 있을 생각이다.

만약 한 편의 쇼였다면 농락당한 대가를 철저히 치르게 해주겠다고 다짐했다.

천산그룹 쪽에서 그러거나 말거나 재중은 카페로 돌아와서 똑같은 일과를 보냈다.

그리고 약속한 시간에 맞춰서 조용히 골목 밖으로 나온 지 얼마나 되었을까?

끼이익.

고급 리무진이 천천히 다가오더니 정확하게 재중이 서 있는 자리에 멈춰 섰다.

딸각.

"타시죠."

권성진 이사가 직접 재중을 데리러 온 것이다.

아무래도 이미 한 번 재중을 만난 적이 있으니 다른 사람을 보내기보다는 그나마 안면이 있는 권성진이 직접 온 듯했다.

차는 정말 편안했다.

출발할 때 흔들림도 재중의 감각이 아니면 거의 느끼지 못할 만큼 안정감이 있었다.

출발한 지 몇 분이 지났을까? 권성진이 재중에게 서류 한 장을 내밀었다.

"뭐죠?"

"아가씨의 현재 상태를 기록한 차트입니다. 전문적인 의

료진이 쓴 것에 핵심만 추려놓았으니 우선 알아두시는 것
이 좋을 것 같아서 보여 드리는 겁니다."

"……."

서류를 받은 재중의 눈에 보인 목록은 정말 화려했다.

처음 손녀의 몸에 암이 발견된 곳은 간이었다고 한다.

그때만 해도 간암 2기 정도였기에 충분히 천산그룹의 재
력이면 치료할 수 있을 거라는 생각으로 수술을 했고, 결과
는 만족스러웠다고 쓰여 있다.

하지만 불과 6개월 만에 다시 간암이 재발하더니 그게 위
로 퍼졌고, 대장과 폐까지 확대가 되었단다.

뒤늦게 이상을 알고 다시 병원을 갔지만 그곳에서도 이
렇게 빨리 몸 전체 중요 장기로 암이 확산되는 경우는 처음
이라 급히 항암 치료를 시도했지만 결과적으로 실패한 듯
했다.

의사들이 내린 손녀의 시한부 인생의 기간은 불과 6개월
이었다.

그것도 천산그룹 정도의 재력이 뒷받침되었기에 가능한
것으로 일반적인 서민이면 그냥 모든 것을 포기하고 자살
했을 것이다.

치료비도 치료비지만 무엇보다 온몸에 전이된 암세포가
하루하루 자신의 목숨을 좀먹고 있다는 사실을 알면서도

버틸 수 있는 사람이 과연 몇이나 될까?

'죽을 운명이 아니었을지도.'

재중이 서류를 보고 내린 판단은 간단했다.

손녀가 죽을 운명이라면 아마 재중의 존재를 끝까지 몰랐을 것이다.

그만큼 그녀의 상황은 인간의 능력을 벗어나 있었다.

하지만 재중의 존재를 알았으니 죽을 운명이 아니라는 것이 그의 결론이다.

그만큼 재중이 가지고 있는 나노 오리하르콘의 존재는 엄청났다.

막말로 재중은 대륙에서 이미 수많은 사람을 상대로 나노 오리하르콘을 이용해 치료한 적이 있다.

대륙의 성자처럼 치료를 하러 다닌 것은 아니지만 드래고니안과 싸움이 있었던 곳에서나 자신의 주변에 아픈 사람이나 죽어가는 사람이 있으면 그때마다 치료를 해서 살렸다.

애초에 재중은 성자가 될 생각도, 신의 대리인이 될 생각도 없었다.

하지만 죽어가는 이들을 외면할 만큼 냉혈한도 아니었기에 눈에 보이는 사람들을 치료한 것이다.

그리고 그렇게 치료하는 동안 본인도 모르게 나노 오리

하르콘을 조종하는 능력과 함께 경험이 쌓였다.

죽은 사람만 아니면 재중이 치료를 시도해서 실패한 적이 없을 정도였다.

재중이 검예가의 가주가 암이라는 것을 알고서도 딱히 놀라워하지 않은 것도 이미 대륙에서 암 환자를 치료해 본 적이 있기 때문이다.

여기서야 아직 암이 불치의 병으로 현대 의학이 싸워야 하는 최대의 적일지 몰라도 재중에게는 암이나 찢어진 상처를 치료하는 것이나 별다를 게 없었다.

세포 단위로 치료하는 나노 오리하르콘에게는 암세포나 찢어진 세포나 결국 같았으니 말이다.

"도착했습니다."

한참을 달렸을까?

살짝 외곽이라고 생각되는 곳의 커다란 건물 앞에 차가 멈췄다.

권성진을 따라 내린 재중의 눈에 띈 것은 재중도 들어본 적이 있는 커다란 병원 건물이었다.

"천산의료원 암센터."

나직하게 병원 이름을 읽자 권성진이 다가오면서 말을 받았다.

"네, 이곳 가장 위층에 계십니다."

국내에서 이미 암을 치료하는 것으로는 최고에 올라 있는 의료진이 있는 곳이다.

웬만한 초기 암 정도는 가볍게 고치는 곳으로 유명하고, 세계적으로 암과 그에 관련해서는 다섯 손가락 안에 든다는 곳이 바로 이곳이다.

치료비가 비싸긴 하지만 반대로 천산의료원 암센터에서 치료하지 못하는 암이라면 더 이상의 치료를 포기하라는 말이 공공연히 퍼져 있을 정도이니 재중도 천산그룹의 손녀가 이곳에 있을 것이라고 예상은 했다.

하지만 생각하는 것과 직접 와서 보는 것은 느낌이 다른 법이다.

"기다리고 계십니다."

재중과 권성진이 내리자 병원 현관에서 흰 가운의 30대 중반으로 보이는 의사가 나와 다가왔다.

"최 박사, 모시고 왔네."

"이 젊은 사람이⋯⋯?"

최 박사라 불린 의사는 권성진의 말에 돌아보고는 제법 놀란 표정을 지었다.

백발에 흰 수염을 무슨 도인 같은 모습을 기대한 것은 아니지만 기 치료를 한다고 했기에 최소한 어느 정도 연륜이 있는 사람일 것이라 예상했었다. 한데 막상 20대 초반의 모습을 한 재중을 보고는 인사보다 의심스러운 눈초리로 살펴본다.

"어서 안내해 주시게, 최 박사."

권성진은 노련하게 그런 최 박사의 눈빛을 읽었는지 빠르게 다가가 분위기를 흘리면서 재중의 눈치를 살피는데 그의 평온한 모습에 이내 안도의 한숨을 내쉰다.

물론 재중도 이미 최 박사가 의심한다는 것을 알고 있고, 짧았지만 자신을 훑어봤다는 것도 알고 있지만 무시했다.

어차피 천 회장 손녀의 치료가 끝나면 테라가 마법으로 재중이 남자라는 것 외에는 모든 기억을 흐려놓을 것이다.

마치 길가에 돌멩이가 있다는 것은 알지만 그게 어떤 돌멩인지, 어떤 모양이었는지 사람들이 기억하지 못하는 것처럼 기억 자체를 흐리게 해버리는 것이다.

"천 회장님과, 손녀 분의 부모님, 그리고 권성진 이사님을 제외하고는 나가주십시오."

"뭣이라!"

재중이 손녀가 있는 병실에 들어오고 나서 모인 사람들을 보자마자 한 말이다.

당연히 언급하지 않은 사람들, 즉 의료진은 불같이 화를 냈다.

그들이야 화를 내거나 말거나 관심조차 없다는 표정으로 재중은 다시 한 번 단호하게 말했다.

"전 구경거리가 아닙니다. 나가세요."

"그건 절대로 안 됩니다. 제가 돌보는 환자입니다. 그리고 전 기 치료라는 것을 믿지 못하니 직접 봐야겠습니다."

30대 초반쯤 됐을까?

화내는 의료진 사이에서 한 사람이 앞으로 나서며 재중을 똑바로 노려보며 강력하게 우겼다.

"그럼 전 이만 돌아가겠습니다."

그러자 오히려 재중은 미련없이 몸을 돌려 병실 밖으로 걸어 나가기 시작했다.

그때,

"잠깐!"

병실에 울려 퍼진 천 회장의 목소리였다.

"이 원장, 모두 잠시만 물러나시게."

천 회장이 직접 의료진에게 한마디 하자 어쩔 수 없다는 듯 그들은 조용히 병실을 나갔다.

물론 가장 마지막에 나간 의사는 재중을 노려보면서 말했다.

"만약에 무슨 일이 생긴다면… 그 대가를 톡톡히 받을 것이다."

무슨 원수를 보듯 재중을 노려보았지만 어차피 이 병실을 나간 의료진 전원 테라의 마법으로 기억을 흩어놓을 것이기에 가볍게 무시했다.

"자네가 원하는 것은 다 했네. 그럼 치료를 해주겠는가?"

오히려 의료진보다 더욱 날카로운 눈동자로 재중을 쳐다보는 천 회장이다.

반면 재중은 무심한 눈빛으로 다가가서는,

"그럼 잠시 살펴보겠습니다."

라는 말과 함께 천서영이 덮고 있는 이불을 발끝까지 다 걷어버렸다.

그리곤 힘껏 양손을 펼치더니,

부우욱!!

그녀의 환자복 상의를 거침없이 찢어버리는 게 아닌가?

"이놈!!"

천 회장은 천서영의 환자복이 찢어지는 순간 불같이 화를 냈다.

하나 오랫동안의 항암 치료로 뼈와 가죽밖에 남지 않은 그녀의 몸에 무슨 욕망이 일어나겠는가? 오히려 처연해 보이기까지 했다.

천 회장도 화를 낸 것이 여자로서의 부끄러움이 아니라 손녀의 안타까운 모습에 화가 난 것이다.

"치료해야 합니다. 조용히 하세요."

그런데 오히려 재중은 흔들림 없는 눈동자로 천 회장을 보더니 나직하게 한마디 하고는 고개를 돌렸다.

그리고 천천히 자신의 손바닥을 천서영의 가슴과 가슴 중간에 올려놓았다.

'위, 간, 폐, 대장, 소장, 거기에 식도와 척추까지……. 항암 치료의 부작용인가, 아니면… 나에게 숨겼나.'

나노 오리하르콘을 천서영의 몸속에 일부러 많이 침투시켜서 불과 1초 만에 그녀의 몸 전체 머리카락 모공까지 살펴본 재중이 내린 진단이다.

"식도와 척추까지 퍼진 상태군요."

권성진과 천 회장은 재중의 말에 몸이 굳어버릴 만큼 놀랐다.

서류에는 쓰여 있지 않은 암이었다. 사실 권성진이 일부러 말하지 않았던 것이었는데 재중이 정확하게 짚어낸 것이다.

"정확하군."

천 회장이 나직하게 고개를 끄덕이며 한마디 하자 재중은 그저 피식 웃었다.

한 그룹의 회장이다.

그런 사람이 기 치료를 통해서 암을 치료한다는 말을 무조건 믿을까?

재중은 아니라고 생각했다.

아마 권성진은 검예가와 나름 인연이 있어서 철석같이 믿는 듯하지만 천 회장까지 믿을 것이라고는 생각하지 않았다.

결국 재중이 나노 오리하르콘으로 천서영의 몸을 살펴본 결과 역시나 식도와 척추를 일부러 빼놓고 이야기를 했다.

반면 천 회장은 재중을 보고 있는 냉정한 눈빛과는 달리 머릿속이 복잡하기만 했다.

'어떻게 알았지? 정말 기로 치료를 하는 건가? 그럴 리가 없는데… 권 이사의 말이 사실인가?'

그러거나 말거나 재중은 진단이 끝났으니 이제 치료만 하면 되기에 본격적으로 나노 오리하르콘을 활성화시켰다.

그런데 그 순간,

화아악!!

마치 섬광탄이 터지듯 재중의 몸에서 푸른빛이 뿜어져 나오는 게 아닌가?

그뿐만이 아니었다.

터져 나온 푸른빛과 함께 재중의 몸에서 청량한 향기가 사방으로 퍼져 나가기 시작했다.

그러자 의심 많던 천 회장도 놀란 눈으로 재중을 쳐다보았다. 권 이사와 천서영의 부모도 마찬가지였다.

'테라 짓이군.'

하지만 재중은 나노 오리하르콘을 활성화할 때 마나가 움직인다는 것을 느꼈기에 놀라진 않았다.

다만 이런 장난스러운 짓을 할 녀석은 테라뿐이기에 그냥 웃어버릴 뿐이다.

자신의 몸에서 빛이 뿜어져 나오는 모습에 왠지 산신령이 된 듯한 느낌을 받았으니 말이다.

거기다 지금 재중의 몸에서 뿜어져 나오는 향기는 천 회장이나 이곳에 있는 사람들에게는 생소하겠지만 재중에게는 익숙한 것이다.

'마나의 향기.'

고위 마법사들의 몸에서 언제나 은은하게 풍겨져 나오는 것으로 마나의 향기가 강하고 진하게 퍼질수록 고위 마법사라는 증거이다.

그리고 재중과 대륙에서 유일하게 붙어 지내던 베르벤의 몸에서도 진한 마나의 향기가 풍겨져 나왔기에 재중은 아주 익숙할 수밖에 없었다.

마나의 향기란 생명의 기운의 뿜어내는 향기였으니 처음 맡는 향기여도 살아 있는 존재에게는 친숙할 수밖에 없는 것이다.

하지만 보기에만 화려한 것은 아니었다.

재중은 검예가의 가주나 박인혜를 치료할 때와 달리 이번에는 대대적으로 많은 양의 나노 오리하르콘을 천서영의 몸속에 집중적으로 풀어서 암세포를 비롯해서 그녀의 몸 전체를 치료하고 있었다.

암세포뿐만 아니라 항암 치료로 인해 이미 그녀의 몸속이 겉으로 보는 것보다 더 엉망이라 어쩔 수가 없었다.

항암 치료라는 것이 본래 암세포만 죽이는 게 아니라 정상 세포까지 죽이니 재중도 어느 정도 예상하긴 했었다. 하지만 상태가 예상보다 훨씬 심각했다.

일각의 어떤 의사들은 치료할 방법이 없으면 차라리 항암 치료를 하지 않는 것이 환자가 더 오래 살 것이라고 말하고 있고, 실제로도 항암 치료를 받지 않는 사람이 조금 더 오래 사는 것은 이미 아는 사람은 다 알고 있는 일이다.

재중은 이왕 인연을 만든다면 확실하게, 절대로 잊지 못하게 완벽하게 고쳐 버리려고 마음먹은 상태기에 어떻게 보면 천서영이야말로 정말 운이 좋다고 할 수 있었다.

재중의 말대로 정말 죽을 운명은 아닌 듯했다.

"끝났습니다."

정확하게 5분 남짓이다.

재중이 천서영의 가슴에 손바닥을 올려놓는 순간부터 끝

났다는 말이 나오기까지 말이다.

"말도 안 돼."

천 회장은 무슨 애들 장난처럼 손바닥 하나 올려놓고 잠시 후 끝났다고 하자 황당한 표정을 지었다.

물론 재중의 몸에서 푸른빛이 나기도 하고, 청량한 향기가 뿜어지기도 했다.

하지만 사업을 하면서 쉽게 남을 믿지 않는 성격인 천 회장은 그저 멍하니 서 있을 뿐이다.

"전 이만 돌아가겠습니다. 검사를 하시든 어떻게 하든 상관없습니다."

"정말인가? 그렇게 자신하는가?"

천 회장은 재중이 나직하지만 흔들림 없는 목소리와 눈동자로 쳐다보면서 말하는 것에 오히려 살짝 기가 밀렸다.

"제가 치료했다는 사실은 변하지 않으니까요. 그럼 전 이만."

마치 병문안 왔다가 돌아가는 것처럼 정말 짧게 왔다가 돌아가 버리는 재중이다.

정작 재중을 데리고 온 권성진도 멍하니 서 있다가 뒤늦게 정신을 차렸다.

"회장님, 우선 이 원장에게 검사를 지시하겠습니다."

"그러게."

천 회장의 허락이 떨어지자 권성진이 나갔고, 기다렸다는 듯 밖에서 의료진이 몰려 들어오더니 그 길로 천서영을 데리고 정밀 검사를 하기 시작했다.

"이럴 수가? 말도 안 돼!"

놀란 눈으로 검사 결과를 살펴본 원장은 혹시나 자신이 잘못 본 것이 아닌지 몇 번이고 다시 살펴보았다.

"암세포가 사라졌어. 감쪽같이. 거기다 어떻게 척추암까지……"

원장이 놀라는 것도 무리가 아니었다.

이미 온몸에 암세포가 퍼져서 약으로 겨우겨우 버티던 천서영이 아닌가?

특히나 천서영을 가장 힘들게 한 것은 바로 척추암이었다.

척추암은 척추에 생기는 암으로 얼핏 디스크로 오해 받기 쉬워서 늦게 발견하는 경우가 대부분으로 암 중에서 가장 골치 아픈 암이 바로 척추암이었다.

우선 척추암은 다른 간이나 유방암, 폐암, 전립선암 등 각종 암이 척추로 전이되는 경우가 많았다.

당연히 가장 중요하고 많은 신경이 지나는 척추에 생기는 암이기 때문에 하반신 마비나 사지 마비가 오는 암으로,

보통은 의사들이 환자의 고통을 덜어주기 위해서 수술을 권해야 하지만 척추암은 그 특성 때문인지 수술을 한다고 해도 성공률이 너무나 낮은 것이 문제였다.

의사도 사람인지라 수술 성공률 자체를 예측하는 게 힘들어서 척추암은 웬만해서는 수술을 권하지 않는 게 일반적이었다.

특히나 척추암은 전이성이 높다 보니 이미 다른 암으로 체력이나 몸의 면역력이 많이 떨어진 환자들은 진통제로 버티는 경우가 대부분이었다.

사실 원장이 재중이 천서영을 치료한다고 했을 때 믿지 못한 것도 바로 척추암 때문이었다.

현대 의학으로도 더 이상 치료가 불가능하다고 한 이유가 이미 천서영은 척추암으로 인해 이미 하반신이 불구가 되어버렸기 때문이다.

다른 암이야 치료를 하면 정상으로 돌아온다고 하지만 척추암은 이미 한 번 전이가 돼서 신경 세포가 망가져 버리면 치료할 방법이 없었다.

줄기세포 치료가 있다고 하지만 천서영은 이미 그 단계를 훨씬 지난 상태였던 것이다.

그래서 원장은 자신했다.

재중이 실패할 것이라고.

그리고 어설프게 사기 쳐서 천 회장의 심기를 건드린 대가를 철저하게 치르게 해주겠다고 말이다.

불과 몇 분 만에 병실에서 나가 버린 재중의 모습에 '그럼 그렇지, 무슨 수로'라고 말했던 원장이다.

하지만 정밀 검사를 하고 난 뒤에 원장은 천 회장에게 매달렸다.

"제발… 만나게 해주십시오, 회장님."

알아야만 했던 것이다.

천서영의 온몸에 퍼졌던 수많은 암을 몇 분 만에 치료했다면 다른 암은 어떻겠는가? 아마 애들 장난 수준일 것이다.

그래서 원장은 찾고 싶었다.

어떻게든 찾아서 그 방법을 알고 싶었기에 천 회장에게 매달렸지만 천 회장은 고개를 저었다.

"안 되네."

"회장님, 아시지 않습니까? 지금도 암으로 죽어가는 사람이 하루에도 수십 명에서 수백 명입니다."

돈을 벌겠다는 욕심이 아니라 순수하게 생명을 구하고 싶은 마음에 매달리는 이 원장을 천 회장이라고 왜 모르겠는가.

천 회장 자신이 지금 국내 최고 암센터 원장으로 이 원장을 추천해서 원장 자리에 앉힌 것도 모두 순수하게 암을 정복하자고 하는 열정 때문이었으니 말이다.

하지만 그래도 말해줄 수가 없었다.

그 이유는 권 이사가 말한 대로 재중이 정말 손녀의 암을 모두 치료했으니 치료의 대가로 재중은 수명이 줄어들었을 것이라고 믿고 있는 탓이다.

사람을 치료할수록 죽어가는 치료술이라니, 이건 알아서는 안 된다고 개인적으로 이미 판단하고 있는 천 회장이다.

그저 재중이 귀찮음을 피하기 위해서 검예가 가주에게 한 거짓말을 철석같이 믿는 천 회장이지만 그럴 수밖에 없었다.

바로 눈앞에서 재중이 치료를 하지 않았는가?

재중에게 치료를 받기 전까지도 암세포로 인해 매정하게 죽어가는 손녀를 직접 눈으로 확인한 천 회장이다.

그런데 단 몇 분 만에 재중이 다녀가고 나서 손녀가 깨어나 웃고 있으니 믿지 않을 수가 없었다.

그러다 보니 자연스럽게 권 이사가 했던 재중의 기 치료술이 자신의 수명을 대가로 치료한다는 말을 믿을 수밖에 없었다.

"회장님, 제발… 알려주십시오."

그런 사정을 모르는 이 원장은 알려주지 않는 천 회장이야속하기만 했다.

그런데 이 원장이 이렇게 천 회장에게 매달리는 이유는 사실 다른 데 있었다.

이 원장도 그날 재중의 얼굴을 봤고 그 외에도 수많은 의료진이 봤지만 이상하게도 그 누구 하나 재중이 남자라는 것 외에는 정확하게 기억하는 이가 없었다.

마치 모두 약이라도 먹은 것처럼 아무리 생각하려고 해도 기억해 낼 수가 없기에 천 회장에게 매달리게 된 것이다.

물론 천 회장이 말할 수도 있다. 하지만 검예가 가주가 그랬듯이 천 회장도 한 곳의 수장으로 자신의 말의 무게를 알기에 재중은 믿었고, 그 믿음에 답하듯 천 회장은 끝까지 재중에 대해서 말하지 않았다.

물론 말했다면 인맥이고 뭐고 검예가의 가주와 박인혜를 제외하고는 모든 이의 기억을 지워 버리겠지만 말이다.

Chapter 09
방패 만들기

똑똑, 똑똑.

카페로 돌아온 재중은 희미한 불빛 아래 카페 밖의 테라스 의자에 앉아 탁자를 손가락으로 톡톡 두들기면서 생각에 잠겨 있었다.

"음, 김인철 그놈을 어떻게 할까?"

고민의 주인공이 바로 김인철만 아니면 사실 재중이 딱히 인상을 찡그릴 이유가 현재까지는 없었다.

김인철을 어떻게든 처리를 하긴 해야겠다고 생각한 재중이다.

이미 천산그룹의 일은 깨끗하게 해결이 난 상태이다.

천 회장이 직접 카페까지 찾아와서 고맙다고 인사를 했을 정도면 요긴하게 한 번은 써먹을 수 있는 인맥을 쌓았다고 생각됐다.

물론 검예가와 같은 일이 벌어질지도 모른다는 생각에 천 회장을 따라 온 천서영의 부모는 테라가 조용히 그들의 그림자 속에 숨어서 병원의 의료진과 같이 재중에 대한 기억을 흐려놓았다. 그렇기에 그들이 다시 찾아올 일은 없었다.

뭐, 김인철 덕분에 뒤처리를 깨끗하게 해야 한다는 교훈을 배우긴 했지만, 받은 게 있으면 당연히 돌려줄 것도 있는 법이다.

ㅡ마스터, 알아본 결과 마스터를 끌어들이는 그 계획은 김인철이 세운 것이 아닙니다.

그런 재중의 고민을 아는 듯 흑기병이 어둠 속에서 천천히 걸어 나와 한마디 했다.

"음, 그럼 그놈도 이용당했다는 건데, 그런 놈이 검예가에 계속 있으면 앞으로 피곤하겠지?"

재중이 지금까지 김인철을 그냥 둔 것도 모두 김인철의 배후로 보이는 녀석들 때문이었다.

얼마나 큰 조직인지, 어떤 성격을 가진 녀석들인지는 모른다.

하지만 검예가를 뒤에서 조정하기 위해서 다음 가주로 유력한 김인철을 뒤에서 지원해 주는 녀석들의 의도야 뻔했다.

딱히 검예가를 다음에 누가 지배하든 그건 재중과 아무런 상관이 없었기에 그냥 넘기려고 애써 무시했었다. 하지만 결과적으로 그것이 자신의 실수였다는 것을 인정해야만 했다.

김인철을 그저 귀찮은 녀석쯤으로 생각하던 재중은 이번 일을 통해서 뒤처리의 중요성뿐만 아니라 아주 작은 적의로도 자신을 곤란하게 할 수 있다는 것을 확실하게 깨닫게 되었다.

그리고 아직 늦지 않았다.

선우연아의 존재가 아직 드러나지 않았으니 말이다.

그렇기 때문에 실수를 했으면 돌려놓으면 되는 것이다.

─제가 가서 처리하겠습니다.

재중은 흑기병의 말에 잠시 생각하더니 고개를 흔들었다.

"아니야. 어차피 그 녀석은 이용당하는 수준이야. 정말 나에게 적의를 가진 건 그 복면을 한 녀석과 그 녀석의 뒤에 있는 놈들이겠지."

재중이 직접적으로 그들과 부딪친 적은 없다.

그저 재중이 검예가의 가주를 치료한 것이 그들에게 거슬렸을 뿐인데 이토록 사람을 귀찮게 한 것이다. 결국 김인철을 처리한다고 해봐야 복면인은 김인철을 대신할 다른 녀석을 찾을 것이 뻔했다.

본래 잡초는 뿌리까지 뽑아내야 완전히 없어지는 법이다.

김인철이라는 줄기를 잘라봐야 오히려 복면인과 복면인의 뒤에 있는 녀석들에게 경각심만 줄 수가 있기에 쉽게 처리하면 안 된다.

―그럼 마스터, 이렇게 하는 건 어때요?

마치 하늘에서 뚝 떨어지듯 카페 지붕의 그림자에서 튀어나온 테라가 천천히 내려와 재중 앞에 딱 섰다.

―처리하는데 검예가를 방패로 이용하는 거예요. 전에 마스터를 미행하던 녀석들을 잡아다가 얻은 정보에 의하면 흑살과 백살이라는 녀석들이 검예가에 있는데 정작 검예가 가주는 전혀 모르고 있으니까요.

전에 전희준을 찾아갈 때 검예가에서 재중을 미행하던 녀석들을 흑기병이 잡은 적이 있었다.

재중은 잡아놓으라고만 지시했는데 흑기병과 테라는 그것으로 만족하지 않았다.

적이라면 수단과 방법을 가리지 않고 준비를 해야 한다는 생각이 강한 테라가 흑기병에게 녀석들을 넘겨받아 환상 마법으로 놈들을 고문해 정체와 목적을 밝혀낸 상태였다.

세상에서 죽을 수 있는 모든 수단과 방법으로 수십 번, 아니, 수백 번을 당하다 보니 거의 제정신이 아닌 상태로 술술 불었던 것이다.

어릴 때 먹었던 사탕 개수까지 기억 속에서 끄집어내 말할 만큼 완전히 철저하게 고문해서 얻어낸 정보였다.

물론 흑기병이 테라가 알아낸 정보를 기본으로 검예가를 들락거려 확인까지 마쳤기에 정보의 신빙성은 의심할 필요가 없었다.

테라의 말을 들어본 재중도 잠시 생각하더니 어쩌면 지금이 가장 괜찮은 시기일 지도 모른다고 판단했다.

사실 현재 재중은 검예가에서 치료를 해주고 나서 보이던 모습과 달리 권성진 이사와 자주 연락하고 있는 상태이다.

거기다 일주일에 한 번 정도지만 천 회장과도 개인적으로 연락하고 있었다.

당연히 김인철의 계획과 달리 그가 천산그룹에 파고들 틈을 아예 막아버린 상태였다.

그렇기에 김인철이 은근히 재중을 벼르고 있다는 말을 흑기병으로부터 들었고, 그 때문에 지금 재중이 김인철을 어떻게 처리할까 고민하고 있는 것이다.

그때 테라가 좋은 아이디어가 있다면서 말했다.

—마스터, 지금 당장 마스터께서 움직인다면 김인철 그 녀석보다 검예가를 노리는 복면과 그 배후의 녀석들이 어떻게든 마스터를 위협할 수도 있어요. 그러니 검예가를 방패로 해서 우선 마스터께서는 뒤에서 상황을 지켜보는 거예요.

"음……."

확실히 테라의 계획은 재중에게는 좋았다.

귀찮은 것도 없지만 굳이 녀석들을 건드려서 긁어 부스럼 만드는 것은 피하고 싶으니 말이다.

연아도 찾은 이상 천천히 자신만의 생활을 살아가고 싶은 욕심이 있으니 재중으로서는 굳이 거부할 이유가 없었다.

당연히 테라의 생각이 괜찮았는지 재중은 자리에서 일어나더니,

"흑기병, 넌 카페 쪽으로 전에 날 미행하던 녀석들의 흔적을 최대한 많이 화려하게 남겨놔라."

—네, 마스터.

한동안 소식이 끊긴 부하들의 흔적이 나타난다면 당연히 김인철이 반응할 것이고, 그렇다면 필연적으로 암살을 전문으로 하는 흑살이 움직일 테니 일부러 유도하려는 것이다.

재중의 명령이 떨어지자마자 흑기병은 그대로 뒤로 물러나더니 어둠 속으로 사라져 버렸다.

애초에 흑기병에게 재중의 명령에 대한 질문이나 의견은 존재하지 않았다.

"아무래도 연아가 한국으로 오기 전까지 최대한 주변을 깨끗하게 만들어놔야 뒤통수가 가렵지 않겠지?"

―마스터, 전 뭐 해요? 전 뭐 할까요? 어떤 거 할까요? 마법을 확 뿌릴까요?

흑기병에게는 뭔가를 시켰는데 정작 아이디어를 낸 자신에게는 아무런 명령이 없자 조바심이 난 테라가 달려들었다.

재중은 그저 웃으면서 말했다.

"카페 전체를 숨기는 마법이 필요해. 혹시라도 눈먼 칼에 집기가 부서지면 귀찮아지잖아."

―…네.

뭔가 화끈하고 화려한 것을 기대했던 테라는 겨우 카페를 지키는 마법이나 써야 한다는 생각에 풀이 죽은 듯 대답했다.

스윽스윽.

테라의 머리를 부드럽게 쓰다듬은 재중이 웃으면서 말했
다.

"실망하지 마라. 혹시나 나중에라도 김인철의 배후에 있
는 녀석들의 본거지를 발견하면 그땐 너에게 맡기마."

―정말이죠?

요양병원을 녹여 버린 것처럼 뭔가 화끈한 마법을 사용
할 수 있게 재중이 제약만 풀어준다면 이 정도는 얼마든지
참을 수 있는 테라였다.

"일일이 처리하는 것도 귀찮아서 못해먹을 짓이야. 그냥
한 방에 쓸어버리는 게 좋지."

재중이 테라의 말에 동의하면서 치켜세워 주자 그새 으
쓱해진 테라는 코를 꼿꼿이 세우고는 잘난 척을 했다.

―당연하죠. 깡통처럼 일일이 치고 박고, 어느 세월에 그
렇게 해요. 그냥 헬파이어 아니면 미니 메테오로 그냥 확
쓸어버리는 게 확실하고 편하죠. 호호호호호호홋!

기분이 좋아진 테라는 그렇게 웃으면서 흑기병과 같이
어둠 속으로 사라져 버렸다.

그렇게 테라가 사라진 뒤 재중은 피식 웃었다.

"하는 짓은 아직 애라니까. 후후홋."

사고도 치고 좀 말괄량이 같지만 재중은 그것도 귀엽기
만 했다.

물론 재중이 아니면 그 누구도 제어하지 못하는, 엄청난
전술핵에 맞먹는 위력적인 마법을 펑펑 날리는, 천진난만
하게 웃음 짓는 괴물 같은 말괄량이지만 말이다.

＊　　＊　　＊

흔적을 남기고 며칠 뒤, 평소와 같이 카페를 닫았을 때였
다.

테라가 그렇게 흔적을 남겼는데 왜 아직도 김인철에게서
소식이 없냐면서 심심하다고 투덜거리던 중이었다.

그런 테라를 그림자에 강제로 집어넣으려고 하는 순간,
재중의 감각에 걸리는 녀석들이 있었다.

"하나… 셋… 다섯… 일곱… 이라……."

테라의 투덜거리는 소리를 듣고 있던 재중의 표정이 일
순간 차갑게 변했다. 재중이 일어서자 테라도 언제 투덜거
렸냐는 듯 확 달라진 표정으로 말했다.

―왔어요. 녀석들이에요, 마스터.

재중이 명령하진 않았지만 이미 테라는 스스로 흑기병과
함께 검예가에 있는 녀석들의 얼굴과 모든 것을 파악하고

있었다.

재중이 기척을 느낀 순간, 테라 역시 넓게 펼쳐 놓은 알람 마법으로 동시에 바로 파악했다.

"살기를 풍기면서 오는 걸 보니 나를 제거하기로 아예 작정했나 보군. 크크크크큭."

노골적으로 살기를 품은 것이 느껴지기에 재중은 너스레를 떨듯 한마디 했지만 테라는 오히려 입가에 미소를 지었다.

지금 모습만 봐도 그동안 흑살과 백살을 이용해서 얼마나 많은 사람을 처리했는지 충분히 짐작이 갔다.

방해가 된다면 우선 처리하고 본다는 김인철의 사고방식과 그걸 뒤에서 지원하는 배후의 녀석의 성격이 말이다.

일부러 의도한 것도 있긴 했다.

하지만 천산그룹에 관한 계획이 김인철의 생각대로 잘나가다가 마지막에 재중이 생각을 바꾸는 바람에 완전 틀어져 버렸다고 정말로 암살부대를 보내는 모습을 보면, 과연 김인철을 이대로 살려둬야 할까? 하는 의문이 잠깐이지만 들었다.

―마스터, 제가 처리할까요?

오랜만에 마법을 사용할 수 있다는 생각에 오히려 들떠 있는 테라였다.

─네～ 마스터. 무조건 저에게 맡겨주세요～ 제가 처리할게요～ 꼭이요～

"……."

재중은 가끔 테라를 보면 어떻게 저렇게 순진하게 웃는 얼굴 안에 감춰진 잔인한 다른 얼굴이 있는지 매번 보지만 이해가 가지 않았다.

'어쩌면 드래곤을 닮아서 그런가?'

지독하게도 이기적이고 그만큼 자존심이 높지만 한편으로는 그만큼 순수하기도 한 것이 바로 드래곤이라고 테라가 말한 적이 있다.

그래서인지 가끔 테라를 보면 드래곤을 만난 적은 없지만 어쩌면 드래곤들이 저런 성격일지도 모른다고 생각하는 재중이다.

"테라, 카페를 숨겨라!"

재중은 이제 막 골목을 꺾어서 들어오는 녀석들을 맞이하기 위해 카페 밖으로 나왔다.

괜히 안에까지 들어와서 테이블이라도 부서지면 다음날 영업에 지장이 있으니 말이다.

─인비저블 실드(invisible shield)!

테라의 허리에 있던 마도서가 저절로 허공에 떠오르면서 책장이 펼쳐지더니 필요한 주문이 쓰인 페이지에서 멈쳤다.

그리고 한순간에 커다란 마법진이 카페 위에 생겼다가 사라져 버렸는데, 사라진 마법진과 함께 카페의 모습도 감쪽같이 사라져 버렸다.

―마스터의 오러 공격 정도는 버틸 만큼 강하니 안전할 거예요.

자랑스럽게 인비저블 실드의 방어력을 말하자 재중이 웃었다.

"먼저 나서지 마라. 알았지?"

―네!

언제나 대답은 정말 잘하는 테라였다.

"우리가 빠르게 처리하고 빠지면 뒤는 그들이 알아서 해 줄 것이다."

검은 인영 중에 가장 앞에 있는 자가 조용하게 말하자 모두 대답 대신 고개를 끄덕였다.

일곱 명 모두 검은 옷에 손에는 팔뚝 길이 정도의 검을 하나씩 쥐고 있었다.

가로등도 없는 골목 안, 어둠이 가득한 곳에 질서정연하게 나타난 이들.

그들은 훈련받은 듯 절도 있는 움직임이 특징적이었다.

하지만 그보다도 특이한 것은 가장 앞에 있는 한 명 외의 모두가 벙어리처럼 입 한 번 열지 않는다는 것이다.

그리고 잠시 기다렸을까?

가장 앞에 있던 녀석이 손을 올려 주먹을 쥐자 일순간 긴장감이 피어올랐다.

그리고,

휙~

올렸던 주먹이 아래로 빠르게 떨어지자 순식간에 일곱 명이 움직였다.

재빨리 골목에서 빠져나오자마자 순식간에 세 명이 오른쪽으로 빠져 벽 쪽으로 이동했고, 다른 세 명은 반대쪽 벽으로 움직였는데 그 모습이 마치 해가 날개를 펴고 날아오르는 모습을 연상시켰다.

그리고 가장 중앙의 한 명은 그대로 카페를 향해 뛰어들었다.

아니, 뛰어들려고 했다.

"……!"

멈칫!

서너 발 걸었을까?

중앙에서 뛰어들던 녀석이 멈추자 정확하게 양쪽 벽을 타고 움직이던 다른 녀석도 모두 일순간 멈춰 버렸다.

녀석들은 주변을 두리번거리면서 황급하게 있어야 할 목표를 찾기 시작했다.

어찌 된 일인지 3층짜리 커다란 원목으로 만들어진 카페가 있어야 할 자리에는 아무것도 없었다.

그들 눈앞에 있는 것은 그저 공터에 불과한 것이다.

하지만 그들은 곧 카페가 사라진 곳에서 마치 자신들을 기다렸다는 듯 서 있는 한 명을 발견했다. 이내 녀석들의 입가에 미소가 번졌다.

이들에게 카페가 사라졌다는 것은 아무런 문제도 아니었다.

오로지 지금 눈앞에 보이는 선우재중이라는 녀석을 죽이기만 하면 되니 말이다.

"쳐라!"

타타타타타탁!

양쪽 벽에서 움직이던 녀석들이 순식간에 일제히 여섯 개의 칼끝을 세워 재중을 향해 뛰어드는데, 각자 머리부터 발끝까지 모두 찔리면 무조건 사망인 사혈(死穴)만 골라서 빠른 속도로 찔러들어 왔다.

하지만 칼끝을 세워 달려드는 녀석들의 움직임을 가만히 지켜보던 재중의 입가에는 천천히 미소가 그려지고 있었다.

"피부가 따끔거릴 만큼 강한 살기는 참 오랜만이네."

머리부터 발목까지 기계로 찌르는 듯 정확하게 찔러들어오는 여섯 개의 칼날을 보는 와중에도 너무나 태연한 재중의 모습이다.

그런데 명령을 내린 녀석은 아무것도 하지 않는 재중의 모습을 보고는 공포에 얼어서 몸이 굳은 것으로 생각했다.

지금까지도 이렇게 습격하면 비명은커녕 너무 놀라서 그대로 몸이 굳어버리는 녀석이 대부분이었다. 그들은 여섯 개의 칼날에 온몸이 뚫려 피를 흘리며 죽어가곤 했다.

거기다 그들이 받은 정보에 따르면 재중은 그저 카페를 운영하는 일반인이었다.

그렇게밖에 알지 못하니 녀석은 십중팔구 곧 어둠이 내릴 이 공터에 붉은색의 선혈을 뿌리면서 싸늘하게 식어갈 시체를 떠올릴 수밖에 없었다.

그런데,

깡~! 깡깡깡!! 까깡!!

"흡!!"

어울리지 않는 쇳소리와 함께 재중을 보고 있던 녀석의 입가에 미소가 사라져 버렸다.

녀석의 눈에는 부하들의 공격이 모두 재중의 몸에 적중하긴 했다.

그런데 어찌 된 일인지 여섯 개나 되는 날카로운 칼끝 중 그 어느 것도 재중의 피부조차 뚫지 못하고 그대로 멈춰 버린 것이다.

그리고,

촤라라락!!

검이 무언가 강한 것에 막혔다고 느끼는 순간, 녀석들의 귀에 기분 나쁜 금속음이 들리더니 놀랍게도 재중의 머리카락부터 눈동자는 물론 피부까지 모두 은색으로 변해 버렸다.

마치 은으로 만들어진 사람을 보는 것처럼 말이다.

"뭐, 뭐야, 저건……?"

사람의 몸이 변하다니, 그것도 머리카락부터 발끝까지 모두 은색으로.

자신이 직접 눈으로 보는 중에 모습이 변했으니 믿지 않을 수도 없었다. 그래서 더욱 황당한 표정을 지어 보이는 녀석들과 달리 정작 재중은 입가에 미소를 지었다.

"어차피 나노 오리하르콘이 있는 한 내가 다치는 것은 불가능에 가깝지."

재중의 몸속에 숨어 있던 수많은 나노 오리하르콘 조각이 외부의 공격에 자동으로 반응해서 재중의 피부와 머리카락, 하물며 눈동자까지 보호하기 위해서 밖으로 드러난 모든 피부 조직을 오리하르콘으로 변화시켜 버린 것이다.

이건 대륙에서 드래고니안을 상대로 싸우기 위한 무기이자 방패였다.

실제로도 대륙에서도 대부분 지금처럼 은색으로 변해서 싸웠었다.

아무리 찔러들어 오는 녀석들의 공격이 빨라도 소용없었다.

그들보다 훨씬 빠른 드래고니안의 공격을 막기 위해서 만들어진 나노 오리하르콘이다.

재중이 인식하지 못해도 반응하는데 눈으로 공격이 뻔히 들어오는 것을 보고 있는 상태에서 상처를 입는다는 것은 절대적으로 불가능한 일이었다.

마치 은색의 물감 속에 빠졌다가 나온 듯한 모습의 재중이다.

그리고 이렇게 변한 재중은 지금까지 무적이었다.

퍼걱!!

짧은 라이트 펀치 한 방.

하지만 맞는 녀석들은 마치 커다란 망치가 자신의 얼굴을 내려치는 듯한 충격을 받았을 것이다.

그것을 증명하듯 재중이 휘두른 주먹에 맞은 녀석들은 마치 녹아내리듯 바닥으로 쓰러져 버렸다. 하나같이 흰자

위를 드리우며 기절한 모습이었다.

이렇게 말로 설명하니 길지만 사실 재중이 공격을 받고 나노 오리하르콘이 반응해서 변신한 뒤 공격해 온 여섯 명을 깔끔하게 주먹 한 방에 기절시키기까지 걸린 시간은 2초에 불과했다.

녀석들이 자신이 찌른 칼끝이 멈췄다는 것에 잠시 놀라는 순간 이미 쓰러져 버린 것이다.

고개를 들어 정면을 쳐다봤다.

씨익~

중앙에 홀로 서 있는 녀석을 보며 재중의 입가에 미소가 그려졌다.

쏴아아아악!!

녀석은 마치 보이지 않는 커다란 해일이 자신을 덮치는 듯한 환상을 보았다. 그리고 해일이 사라지고 난 뒤, 녀석은 온몸이 굳어버리면서 목소리조차 마음대로 낼 수 없다는 것을 깨달았다.

그대로 굳어버린 것이다.

서 있는 자세 그대로 말이다.

드래곤 아이(Dragon eye).

살기를 유형화해서 그것을 이용해 상대를 제압하는 기술인 드래곤 아이가 발동된 것이다.

사실 재중이 녀석을 향해 보인 미소는 그저 속임수에 불과했다.

진짜는 바로 재중의 은빛으로 변한 눈동자에서 쏟아져 나오는 엄청난 살기였다.

아무리 살인을 많이 저질러 살기를 다루는 녀석이라고 해도 상대는 인간의 몸을 가진 드래곤인 재중이다.

맹수의 제왕이라는 사자나 호랑이도 재중이 마음만 먹으면 눈빛으로 제압이 가능한데 재중을 죽이기 위해 나온 녀석이 버티는 것은 애초에 불가능했다.

저벅저벅.

천천히 드래곤 아이로 제압한 녀석을 향해 걸어가는 재중의 발걸음은 마치 산책을 나온 듯 너무나 평온했다.

촤라라라라라락!!

얼마나 걸었을까?

녀석에게 거의 가까워졌을 무렵, 재중 신변의 위험 여부를 자동으로 판단하는 나노 오리하르콘이 더 이상 위험이 없다고 판단했는지 저절로 풀리면서 본래의 검은 머리카락과 피부, 그리고 눈동자로 돌아왔다.

재중은 굳어서 손가락 하나 까딱할 수 없는 녀석의 앞에 서서 바로 코앞까지 얼굴을 천천히 들이밀었다.

"너, 검예가에 있던 녀석이구나."

재중은 사실 놈이 검예가에 있던 녀석인지 아닌지 모르지만 테라가 그렇다면 그런 것이다.

"아, 아, 아이… 우어……."

녀석은 재중이 자신을 알아봤다는 것도, 지금 자신이 어째서 손가락 하나 까딱할 수 없는 것인지도 이해할 수 없다는 듯 발악했다.

하지만 말을 하려 해도 혀가 굳었는지 입에서 나온 것은 옹알이 수준이다.

"음, 어떻게 할까?"

애초에 녀석들을 유인할 때부터 계획이 짜여 있었으니 지금의 상황은 재중이 그동안 당한 것에 대한 작은 화풀이일 뿐이다.

"너희를 보면 좋아할 사람이 있어서 말이야."

씨익~

그저 재중은 미소를 지었을 뿐이지만 그 미소를 마주한 녀석은 그 얼굴에서 악마를 보았다.

환하게 웃으면서 자신을 기다리고 있는 악마를 말이다.

붙잡히고 나서야 자신들이 함정에 걸렸다는 것을 알았지만 이미 한참이나 늦은 것이다.

"검예가의 가주에게 데려가면 알아서 처리하겠지?"

"어어… 어어! 어르… 아알버아라랄!!"

설마 재중이 자신들을 가주에게 데려간다는 말을 할 줄은 몰랐던 녀석이 다급하게 중얼거렸다.

하지만 혀까지 굳어버린 녀석의 입에서 나온 말은 이제 갓 말을 배우는 아기들보다 어눌했다.

"테라!"

—네, 마스터.

쑤욱!!

"……!!"

재중의 그림자에서 튀어나온 테라를 본 녀석은 눈이 찢어질 만큼 놀랐다.

하지만 그런 놀람도 잠시, 무언가 시커먼 것이 자신들을 집어삼키더니 거기에서 기억의 사슬이 끊어져 버렸다.

Chapter 10
다른 적

재중귀환록

잠깐 기억을 잃었던 녀석들이 다시 정신을 차린 뒤 눈에 보인 것은 바로 검예가의 가주였다.

　"가, 가주님……."

　눈에 시뻘건 핏줄이 가득한 눈동자로 자신을 내려다보는 가주의 눈빛. 그것은 흑살 녀석들에게 그 어떤 것보다 강렬한 충격이었다.

　이날 검예가의 가주조차 몰랐던 비밀스런 조직 흑살의 존재가 드러나게 되었다.

　"허어, 어떻게 이런 일이……."

갑자기 재중이 찾아와서 자신을 찾을 때만 해도 가주는 웃으면서 그를 맞이했다.

하지만 그런 재중을 찾아온 가주를 맞이한 것은 자신도 익숙한 얼굴을 한 흑살이라는 다른 이름을 가진 제자들이었다.

설마 검예가에서 자신이 모르는 조직이 있을 것이라고는 생각조차 해본 적이 없는 가주는 자신도 모르게 한숨이 나왔다.

그런데 그 흑살이라는 녀석들이 재중을 죽이기 위해서 움직였다는 말을 듣고는 혼이 빠져나가는 느낌을 받은 가주였다.

착실하게 무예를 닦아서 실력을 인정받아 3대제자로 승격한 녀석들이 흑살이라는 이름으로 자신도 모르는 조직원으로 움직였다는 것을 알았으니 말이다.

다른 것은 몰라도 이 검예가의 본가 안에서 살아가는 모든 사람의 얼굴을 아는 가주이기에 더욱 황당하면서도 충격이 심할 수밖에 없었다.

가주가 모르는 조직이라니?

이건 있을 수도 없고 있어서도 안 되는 일이었다.

그런데 그 조직이 살인을 조직적으로 실행하기 위해 만들어진 녀석들이라면 더 이상 무슨 설명이 필요하겠는가?

"이놈들을 나에게 맡겨주겠나?"

가주가 조용히 재중에게 말했다.

재중도 어차피 가주에게 넘기기 위해 데려왔기에 고개를 끄덕이고는 살짝 물러났다.

굳이 이렇게 요란스럽게 녀석들을 넘겨주는 것도 테라의 계획 때문이다.

흑살 녀석들을 넘겨주는 것으로 흑살의 존재가 알려지는 것은 당연했고, 백살의 존재까지 알려줄 것이니 말이다.

물론 가주는 재중이 흑살 녀석들을 어떻게 잡아들였는지 의심할 것이다.

하지만 이미 재중이 가주보다 약간 높은 수준의 무력을 보여주기로 마음먹었기에 아무런 장애가 되지 못했다.

재중의 입장으로는 약간의 무력을 보여주는 것으로 검예가를 방패로 사용할 수 있다면 그 정도는 충분히 감수할, 아니, 오히려 싸게 먹히는 편이다.

"네 이놈들을 당장!!"

죽음의 고비에서 살아 돌아와 이제 다시 검예가를 예전처럼 안정시켰다고 생각하고 있던 가주였다.

한데 이런 현실이라니.

자신이 살아오면서 가장 배신감과 함께 분노가 치밀어 오르는 순간을 꼽으라면 바로 지금일 것이다.

가주가 녀석들에게 다가가려고 한 걸음을 내딛는데,

찌이잉~!

갑자기 재중의 몸속 나노 오리하르콘이 빠르게 반응하기 시작했다.

재중의 눈동자가 은빛으로 변하고 자연스럽게 손바닥을 뚫고 나온 나노 오리하르콘이 뭉쳐서 은빛의 검을 만들었다.

그리고 평소와 달리 나노 오리하르콘이 발동한 재중의 눈동자에 어둠 속에서 공기를 찢으면서 날아오는 탄환이 보였다.

"저격이다!!"

팅!!

강한 쇳소리가 울려 퍼졌다.

그런데 탄환은 하나가 아니었다.

재중의 은빛 눈동자가 뒤이어 가주를 노리고 날아드는 탄환을 확인하는 순간,

팅팅팅팅!!

재중은 마치 연습하듯 허공에 검을 휘둘러 탄환을 날려버렸다.

가주는 자신을 막아선 재중의 모습을 뒤에서 멍하니 지켜봤다.

재중의 손에 든 검이 허공에 은빛의 선들을 그려낼 때마다 강한 쇳소리와 함께 무언가 튕겨 나가고 있었다.

'젠장, 저격용 라이플… 누구지? 혹시 흑살의 뒤처리를 위해서 움직인 백살이 잡힌 것을 알아낸 것인가?'

즉각 재중은 자신이 아는 백살의 존재가 떠올랐다. 확인하는 방법은 한 가지뿐이었다.

우선 가주를 노린 저격용 라이플을 모두 튕겨낸 재중이 곧바로 흑기병을 부르자 재중의 그림자가 살짝 흔들렸다.

"흔적이라도 찾아내라."

보는 눈이 있다 보니 모습을 보이진 않았지만, 재중의 귀에는 분명히 들렸다.

─네, 마스터.

라고 말하는 흑기병의 목소리가 말이다.

재중의 그림자가 일렁이더니 일부가 떨어져 나가 어둠 속으로 사라져 버렸다.

반면 검예가의 가주는 지금 이게 무슨 상황인지 잠시 혼란스러웠다.

하지만 가주는 일가를 일군 대종사답게 빠르게 정신을 차렸다.

바로 정신을 차린 가주는 먼저 조금 전에 보았던 은빛의 검로(劍路)가 떠올라 재중의 손을 슬쩍 바라봤다. 맨손이었다.

분명 방금 전에 검을 들고 정말 아름다운 은빛의 선을 그린 것을 봤는데 말이다.

나노 오리하르콘으로 검을 만들었다가 다시 몸속으로 흡수했다는 것을 가주가 알 리가 없었다. 가주가 혹시나 자신이 잘못 본 것이 아닐까 하는 생각을 하는데 재중이 먼저 입을 열었다.

"우선 저 녀석들을 치우죠."

갑작스런 저격 때문에 가주의 시야를 가리고 있던 재중이 슬쩍 옆으로 비켜났다.

가주의 눈에 보인 것은 방금 전까지 자신 앞에서 무릎 꿇고 떨고 있던 3대제자들… 아니, 자신도 모르는 흑살이라는 검예가 안의 다른 조직의 녀석들은 이미 머리가 부서진 수박처럼 박살이 난 상태로 뇌수를 흘리면서 모두 죽어 있었다.

"당했네요."

"이런 일이… 본가 앞마당에서 벌어지다니……."

재중도 설마 이런 식으로 녀석들이 움직일 거라고는 예상하지 못했기에 살짝 당황하고 있는 중이다.

재중은 자신의 감각을 벗어난 곳에서 날아온 탄환이기에 최소한 1킬로미터 밖에서 저격한 것으로 생각했다.

이미 검예가 본가 전체를 자신의 감각 아래 두고 있는 재중이었으니 검예가 안이라면 공격하는 순간 당연히 먼저 알아차렸을 것이다.

그런데 방금은 미리 펼쳐놓은 자신의 감각보다 빠른 나노 오리하르콘이 반응했기에 그나마 가주의 목숨을 구한 상황이었다.

그렇지 않았다면 마스터에 오른 가주이기에 죽진 않겠지만 최소한 중상을 입을 것이 분명한 공격이었다.

나노 오리하르콘의 재중의 근처에 위험이 있다고 판단되면 무조건 자동으로 발동하는 특성 때문에 운이 좋았던 것이다.

'이건 프로들의 실력이야.'

반면 죽어버린 시체를 바라본 재중의 머릿속은 지금 복잡하기만 했다.

가주를 공격하는 것과 동시에 잡혀 온 흑살의 일곱 명도 모두 정확하게 머리만 쏴 죽여 버리는 실력은 도저히 어설픈 녀석들로는 불가능했다.

누가 봐도 프로 중에서도 상위 클래스에 드는 녀석이 아니고서는 불가능했다.

'어쩌면… 백살이 아닌… 다른 녀석들일지도……'

흑기병이 돌아와야 확실한 것을 알 수 있을 테지만 처음 저격을 막았을 때 그저 막연히 백살이라고 생각했던 것과는 생각이 달라졌다.

차분히 생각해 보니 흑살과 같이 백살도 검예가에 있는 녀석들일 텐데 과연 녀석들이 이 정도의 저격 실력을 가지고 있기에는 조금 무리가 있다는 판단이 들었다.

판단이 내려짐과 동시에 자연스럽게 생각의 폭이 넓어진 재중의 머릿속에 흑살과 백살이 아닌 제3자의 존재에 대한 가능성이 떠오른 것이다.

물론 가장 의심되는 녀석은 바로 김인철을 뒤에서 조종하는 복면을 쓴 녀석이긴 하지만 말이다.

재중이 이렇게까지 심각하게 판단한 이유는 너무나 간단했다.

가주를 저격하는 것과 동시에 잡혀 온 녀석들을 쏘는 것은 혼자선 불가능하다.

무엇보다 검예가 본가에 있는 가주를 저격하면서까지 잡혀 온 녀석들의 입을 막기 위해 움직인 대담성이 재중을 긴장하게 하는 이유였다.

그렇기에 최하 네다섯 명이라고 판단하고 재중은 공격이 멈추자 곧바로 흑기병을 불러 뒤쫓게 한 것이다.

흑기병은 특히나 어둠 속에서 움직일 때 그 진가를 발휘한다.

지금처럼 밤에는 재중도 적으로 흑기병을 만난다면 정말 상대하기 까다로울 만큼 빠르고 강했다.

　재중이 판단하기에 만약 제3자의 흔적이 나온다면 흑기병만이 흔적을 찾을 수 있었다.

　최소한 잡지는 못해도 녀석들의 흔적에서 무언가 찾아낼 것이라 믿기에 우선 흑기병을 보냈다.

　재중은 시체가 되어버린 흑살 녀석들을 치우고 방에 들어가 가주와 마주 앉았다.

　"자네를 볼 면목이 없구먼."

　목숨을 구원받은 것에 천산그룹의 일까지 정말 재중에게 평생을 갚아도 갚지 못할 은혜와 미안함이 가득한 상태였는데, 오히려 품에 있던 녀석들이 그런 재중을 죽이러 갔다.

　만약에 재중에게 힘이 없었다면 가주는 재중이 죽고도 한참 뒤에 알았을지도 모른다.

　거기다 가주는 여전히 흑살의 존재를 전혀 모르고 있었다.

　"그런 것은 괜찮습니다만… 가주님이 걱정입니다."

　재중이 걱정 말라는 듯 편안하게 미소를 짓자 그제야 가주도 굳은 표정이 조금 풀어지기 시작했다. 물론 완전히 표정을 풀지는 못했다.

"아니네. 자네에게 너무 안 좋은 모습만 보여주는구만."

천하의 검예가 체면이 땅에 떨어지다 못해 바닥에 뒹구는 판이니 그런 마음은 이해가 가지만 그렇다고 언제까지 기운 빠져 있을 수는 없는 일이다.

재중이 슬쩍 분위기를 바꿔보려고 입을 열었다.

"제가 알아낸 것은 방금 저격으로 죽은 녀석들은 흑살, 그리고 녀석들이 움직이고 난 뒤에 뒤처리를 위해 움직이는 백살이라는 조직이 있다는 정도입니다. 제 예상은 저격한 녀석들이 백살일지도 모르겠다는 겁니다."

물론 제3의 존재일지도 모른다는 가능성은 일부러 감춘 재중이었다.

아직 흑살의 존재도 충격적인 가주에게 전혀 다른 제3의 단체일지도 모르는 적을 언급하기에는 증거가 너무나도 적었다.

"크음……."

그런 것을 모르는 가주는 재중의 눈빛을 가만히 쳐다보다가 방금 이야기한 백살일지도 모르겠다는 말의 의미를 생각해 봤다.

잘 알지는 못해도 재중의 성격상 쉽게 말을 하지 않는다는 것만은 알았다. 확실한 말이 아닌 백살일지도 모르겠다는 뜻은 다른 누군가가 있다는 것으로 받아들여도 이상하지 않은 이야기다.

갑작스런 일이긴 하지만 그래도 검예가를 일군 가주였다.

그렇기에 가주는 재중의 예상보다 빠르게 지금의 상황을 머릿속으로 파악하고 있는 중이었다. 때문에 재중의 흘리는 듯한 말 한마디도 쉽게 넘기지 않는 것이다.

가주는 어쨌든 녀석들의 의문은 자신이 풀어야 할 숙제이니 잠시 뒤로 제쳐두었다. 그보다는 지금 당장이 아니면 풀 수 없는 의문이 더 급했다.

가주는 똑바로 재중을 바라보며 물었다.

"자네는 도대체 누군가?"

갑작스런 공격에 빠르게 움직인 재중.

그리고 보이지 않는 곳에서 날아온 탄환.

소리조차 없었다는 것은 소리보다 총알이 먼저 날아왔다는 것을 말해주는 증거이다.

그 말은 최소한 수 킬로미터 밖에서 쏜 저격용 총알을 칼로 튕겨내는, 자신도 하지 못할 능력을 보여줬다는 것이다.

사실 가주 자신도 총알을 검으로 막을 수는 있었다.

하지만 그러기 위해서는 어쩔 수 없이 총알이 날아오는 방향을 알아야 했다.

그런데 재중은 소리보다 빠르고 어디서 날아올지 모르는 총알을 정확하게 튕겨냈다.

그것도 한 번도 아니고 여러 번을 말이다.

그것 하나만 봐도 재중의 실력은 이미 자신을 넘어섰다고 생각하는 가주였다.

아무리 가주가 마스터의 경지에 올랐고 검예가라는 하나의 무림세가에 버금가는 단체의 정상에 있다고 하지만 재중과 같은 무력을 가진 사람은 본 적이 없다.

아니, 들은 적도 없다.

만약에 소문이라도 들은 적이 있다면 자신이 먼저 찾아가서 가르침을 청했을 테니 말이다.

거기다 가주도 조용히 재중에 대해서 나름 알아봤다.

아무래도 검예가가 워낙에 유명하고 그렇기에 은연중에 나쁜 마음으로 접근하는 사람들이 있었다. 가주로서도 어쩔 수 없이 뒷조사를 할 수밖에 없었던 것이다.

하지만 그 결과 실제로 여동생이 있고, 그녀의 이름이 선우연아인 것도 확인이 되었다. 재중이 그녀를 찾은 것은 사실이었다.

하지만 재중의 과거를 추적하면서 특이한 것이 발견되었는데, 어찌어찌 고아원을 뛰쳐나가 길거리 생활을 하면서 막노동을 뛴 것까지는 검예가의 정보력으로 알아냈지만 이상하게도 20살이 될 때쯤 증발하듯 갑자기 재중이 사라져 버린 것이다.

10년 동안 말이다.

그리고 작년 이맘때쯤 홀연히 나타나 미화여대에 카페를 차렸다.

그런데 뜻밖에도 박인혜가 재중을 처음 만난 것도 완전 강원도 산골이었다.

사람이 사는 집은커녕 물조차 구하기 힘든 산이라 산짐 승도 살지 않는 산자락에서 재중이 나타난 것이다.

어떻게 된 것이 가주가 재중에 대해서 알아보면 볼수록 사라진 10년이라는 시간은 완전 빈 공간으로 남아버렸다.

그리고 지금 그 지난 10년이라는 공백에 더해 재중이 자신조차 알아보지 못할 힘을 선보인 것이다.

가주는 재중의 힘을 본 순간 의심보다는 순수하게 정체가 궁금해졌다.

"선우재중, 그게 제 이름입니다. 그 외 다른 것이 필요할까요?"

물어봐도 말해줄 수 없다는 듯한 재중의 눈동자를 본 가주는 한숨을 쉬면서 웃어버렸다.

굳이 사문이나 정체에 대해서 의문을 가져 재중과 사이가 나빠져서 좋을 게 없었다.

밝히지 않으면 어떤가? 이미 목숨까지 구원받은 마당에 말이다.

"자네가 적이 아니라는 것을 천지신명께 감사해야겠군."

"별말씀을……."

가주의 말에 재중은 조용히 대답했다.

이미 가주가 자신의 힘에 대해서 물어볼 것은 예상했다.

다만 이런 식으로 힘을 드러내게 되리라고는 전혀 예상하지 못했을 뿐이다.

하지만 그렇다고 대놓고 마구잡이로 드러낸 채 사용하고 싶은 생각도 없었다.

그런데 이렇게까지 재중이 힘을 드러내면서 흑살과 백살의 존재를 가주에게 이야기하는 것은 바로 재중 자신의 말에 힘을 싣기 위해서였다.

기 치료로 목숨을 구해준 은인과 기 치료와 함께 검예가의 가주보다 높은 수준의 무력을 가진 무인, 둘 중에 누구의 말에 무게가 있으며 동시에 설득력을 가지겠는가?

당연히 후자인 무력과 동시에 기 치료를 하는 능력을 가진 재중의 말이 더 설득력이 있을 것이다.

그리고 무엇보다 가장 핵심적인 목표인 흑살과 백살의 존재를 가주가 알았다는 게 중요했다.

그럼 그만큼 김인철과 그의 뒤를 봐주던 복면인의 움직

임이 적어질 수밖에 없으니 말이다.

결국 재중은 외인이었기에 그저 몰랐던 사실을 알려줬다
는 것으로도 원하는 만큼 소득을 얻은 셈이다.

물론 도움을 받는 가주로서는 나중에 재중이 자신을 이
용하는 것을 알아도 재중을 탓할 수 없을 것이다.

그리고 재중이 군이 이렇게 무력을 드러낸 것은 또 하나
의 목적이 있기 때문이기도 했다.

"…그리고 자네에게 부탁 하나만 해도 되겠는가?"

뭔가 잠시 생각하던 가주가 재중을 향해 입을 열었다.

"나와 검을 섞어줄 수 있겠는가?"

"알겠습니다."

방금 가주의 말로 인해 재중이 노린 또 다른 목적이 달성
되었다.

무인은 강한 자를 찾아 목숨까지 거는 단순한 면이 있다.

그리고 그런 사람들에게 재중이 약간의 가르침까지 준다
면 검예가는 재중을 막아줄 튼튼한 방패가 될 것이 분명했
다.

모두 재중의 이기적인 생각이라고 생각하겠지만, 재중의
입장에서는 검예가의 김인철과 그 뒤에 있는 녀석들이 정
말 신경을 거슬리게 했으니 어쩔 수가 없었다.

대신 지금의 대련으로 재중은 가주에게 깨달음까지는 아

니라도 약간의 도움을 줄 생각이다.

가주가 강해야 그만큼 방패가 튼튼할 테니 말이다.

"전 적당히라는 것을 모릅니다."

나직하게 말하는 재중의 목소리에 가주는 오히려 흥분한 표정으로 벌떡 일어서더니 외쳤다.

"당연하네. 무인으로 살아온 내가 오히려 부탁하고 싶네. 봐주는 것은 오히려 나에 대한 모욕이니 말이야."

마스터에 이른 가주를 비롯해 무예를 갈고닦은 무인에게 비등하게 겨룰 수 있는 사람, 아니면 자신보다 높은 경지에 있는 사람을 만난 확률이 과연 얼마나 될까?

아마 그 옛날 최배달이라는 사람이 했던 것처럼 전 세계를 돌아다니지 않는 한 가능성은 거의 제로에 가까웠다.

그리고 사실 지금같이 과학이 발달해 편리함이 익숙해진 세상에 검예가의 가주가 마스터에 오른 것도 재중이 보기에는 정말 대단한 재능이라고 생각하고 있다.

고독했을 것이다.

자신의 적수는커녕 가르침조차 제대로 소화할 수 있는 재능을 가진 사람이 없을 테니 말이다.

검예가를 이끄는 가주가 모든 것을 버리고 세계를 돌아다니면서 적수를 찾아다닐 수는 없었다.

가진 게 많은 사람은 그만큼 제약이 많을 수밖에 없으니 말이다.

그렇게 무언가에 목말라 있는 가주 앞에 재중이 무력을 보여줬으니 가주라는 틀 속에 잠자고 있던 호승심에 불을 지피는 데 성공한 것이다.

그 결과, 쇠뿔도 단김에 빼라는 말이 있듯 가주는 곧바로 재중을 데리고 자신의 비밀 연무장으로 향했다.

"여긴 내 전용 연무장일세. 지하 3층에 있어서 전쟁이라도 벌어지면 대피소로 사용하도록 만들어졌지. 장담하는데 핵폭탄이 터져도 안전할 만큼 튼튼하네."

자랑처럼 말하지만 그 말의 본심은 그만큼 튼튼하니 전력을 다해서 상대해 달라는 말이나 다름없었다.

하지만 가주의 말에 재중은 웃을 수밖에 없었다.

자신의 힘을 모두 사용한다면?

아무리 핵폭탄도 견딜 수 있게 만들어졌다고 해도 소용없다.

거기다 재중의 무력의 반은 만들어진 것이다.

육체는 마법과 신의 금속인 나노 오리하르콘, 그리고 드래곤의 피로 만들어진 인조인간에 가까웠다.

그리고 나머지 반은 대륙에서 드래고니안과 싸우면서 재중이 스스로 배운 기술들이다.

오로지 나노 오리하르콘의 방어력 하나만 믿고 얻어맞으

면서 드래고니안이 쓰는 기술을 훔쳐 배운 것이다.

재중이 지구로 와서 웬만해서는 자신이 나서지 않는 것도 이것 때문이다.

목숨이 오가는 전쟁 중에 때리는 법, 맞는 법, 그리고 피하는 법, 마지막으로 죽이는 법을 배운 재중에게 적당히란 있을 수가 없어서이다.

전쟁에 두 번의 기회란 없다.

오직 한 번, 일격에 모든 것을 끝내지 못한다면 두 번은 몇 배나 힘들고, 그게 실패하면 세 번은 목숨을 걸어도 불가능할 만큼 힘들어지는 것이 바로 전쟁이다.

그런 재중에게 전쟁은커녕 생사결조차 치러봤을지 의심되는 가주에게 전력을 기울일 일은 절대로 없었다.

스르릉~

가주는 이미 재중이 자신보다 윗줄의 실력을 가진 강자라고 스스로 인정했기에 서슴없이 진검을 빼 들고 자세를 잡았다.

"원하는 것을 골라보게. 이곳에 있는 모든 검이 진검이니 말이야. 물론 내 것처럼 이름 있는 명장이 만든 것은 아니지만 쓸 만할 걸세."

그 말에 재중은 고개를 흔들면서,

"제가 검을 들면… 가주님은 무조건 죽습니다."

섬뜩!

나직한 목소리지만 재중의 말과 함께 가주는 온몸에 오한을 느꼈다.

그리고 작은 침음성을 냈다.

오직 죽이는 법만 배운 재중의 검은 대련이라고 해서 봐주거나 그런 것이 존재할 리가 없었다.

당연히 대련이든 대련이 아니든 죽느냐 죽이느냐의 결과만 있을 뿐이다.

"…크음, 진심이군, 자네는."

조금의 흔들림도 없는 눈동자를 본 가주는 재중이 정말 검을 들면 자신을 죽일 수 있다는 것을 느꼈다.

경지를 이룬 무인은 이성보다 자신의 본능과 감각을 더욱 신뢰하는 편이다.

그래서인지 재중의 말을 쉽게 받아들인 가주였다.

"그럼 나도 검을 접지."

상대가 맨손인데 자신이 검을 든다는 것은 사실상 재중에게 엄청 불리할 수밖에 없다.

검이란 무엇인가?

본래 사람을 죽이기 위해 만든 가장 원초적인 무기이면서 지금까지도 발전에 발전을 거듭해 온 무기가 바로 검이다.

검이 만(萬)가지 무기의 왕이라는 만병지왕(萬兵之王)이라고 불리는 것도 그 때문이다.

인간이 가장 처음 만든 무기가 바로 돌을 쪼개서 만든 돌칼이라는 설이 많다.

그리고 돌칼이 발전에 발전을 거듭해서 진화한 것이 바로 현재의 검이다.

즉 검이 만병지왕이라고 불리는 이유는 바로 모든 무기의 시초가 되기 때문이다.

도, 창, 활 등 모두 결국은 아주 작은 돌칼에서부터 시작된 셈이니 말이다.

그런데 왜 칼이 발전에 발전을 거듭했을까?

이유는 간단했다.

아무리 힘없는 어린애가 잡아도 성인을 죽일 수 있기 때문이다.

그런데 검으로 마스터의 경지에 이른 가주와 맨손의 재중이 대련한다면?

누가 봐도 재중이 불리했다.

그런데 오히려 재중은 그런 가주의 모습에 피식 웃었다.

그리고 검은색의 눈동자가 은색으로 바뀌자,

펑!!

바람이 불지 않는 실내인데도 눈에 보이지 않는 엄청난

바람이 가주의 몸을 뚫고 지나갔다.

"헉!!"

바람과 함께 온몸을 짓누르는 엄청난 압력에 가주는 자신도 모르게 신음 소리를 흘렸다.

"자네… 도대체……!"

가주는 방금 자신이 느낀 바람이 무엇인지 알고 있었다.

좀 전의 바람에서 그가 느낀 것은 끝없는 힘이었다. 기의 폭풍이라고 해도 과언이 아닐 만큼의 힘!

순수하게 느껴지는 힘 말이다.

그리고 그 순수한 힘이 재중의 몸에서부터 비롯되었다는 것도 알고 있다.

"아직 전 이곳에서 검을 들 만큼 강자를 만나지 못했습니다."

"……."

마스터를 앞에 두고 하기에는 너무나 오만한 말이었다.

하지만 그 말은 들은 가주는 거두려는 검을 다시 고쳐 세워 잡으면서 입을 열었다.

"자네 말대로라면 당연히 나도 포함되겠군. 그렇다면 나도 진심으로 하지. 전력을 다해서 말이야."

방금 재중이 말한, 검을 뽑을 사람을 보지 못했다는 말에는 자신도 포함되기에 가주는 자존심이 상했다.

검으로 하나의 가문을 일군 대종사가 바로 자신이 아닌가?

그런데 그런 자신조차 재중에게는 검을 손에 쥘 가치도 느끼지 못할 실력이라는 것이다. 그 말은 가주의 심기를 건드리기에 충분했다.

"오세요."

거기다 재중은 편안하게 손을 늘어뜨리면서 오히려 먼저 공격하라고 선공까지 양보했다.

"음, 자네는 정말 잔인하군."

은연중에 자신보다 재중이 윗줄이라는 것은 느끼고 있었다. 하지만 재중의 저렇게까지 자신감이 가득한 모습은 오히려 오만해 보이기까지 했다.

자신감과 오만함은 보기에는 같아 보일지 몰라도 분명히 달랐다.

지이이잉!

그런 재중의 자신감에 자극을 받았는지 가주의 검에 기운이 실리면서 미세하게 진동을 일으키기 시작했다.

푸른 아지랑이가 가주의 검에서 조금씩 피어오르더니 아지랑이가 뭉쳐 작은 아지랑이가 더 큰 줄기로 변하고, 다시 큰 줄기들이 서로 뭉치기를 반복했다. 가주의 검은 어느새 차가운 금속 색에서 푸른색으로 바뀌었고, 본래의 검보다 제법 많이 길어져 있었다.

검예가의 가주가 만든 것은 현재에는 사라졌다고 알려진 검강이었다.

그리고 아지랑이 같은 것이 피어오른 것은 바로 검강의 전단계인 검사였다.

자신의 검강을 본 가주는 자부심에 가득한 표정을 지었다.

그도 그럴 것이, 검강이면 세상에 자르지 못할 것이 없다.

솔직히 검사의 단계만 되어도 그 어떤 금속도 두부처럼 썰어버리는데 검강은 오죽하겠는가?

검사보다 높은 단계인 검강은 자르는 것만이 아니라 검강에 닿은 생명체의 세포를 파괴하는 기능까지 있다.

한마디로 검강에 당하면 세포 자체가 파괴되어 봉합 수술을 해도 아물지가 않는다는 말이다.

검강에 당하는 순간 끝없는 출혈과 함께 서서히 죽어갈 수밖에 없는 것이다.

그래서 대륙에서도 마스터의 경지를 이룩한 자들을 절대로 사사로이 전쟁에 내보내지 않았다.

혹시라도 마스터끼리 붙을 경우 무조건 어느 한쪽은 죽어야 싸움이 끝나기 때문이다.

그런데 그런 검강을 가주가 재중 앞에서 만들어 보인 것은 그걸 사용하려는 것이 아니라 한마디로 시위용으로 보여주려는 것이다.

과연 이걸 보고도 오만하게 웃을 수 있느냐는 듯이 말이다.

한마디로 긴장 좀 하라는 뜻이었다.

그러나, 가주가 검강을 만들고 득의양양한 표정으로 재중을 쳐다본 것과 동시에 재중의 몸이 미소와 함께 흔들렸다.

아니, 흔들렸다고 느꼈다.

그렇게 가주가 느끼는 순간 재중의 모습이 허공에 녹아버리듯 시야에서 사라져 버렸다.

쨍!!

그리고 가주의 귓가에 들리는 맑고 청아한 소리.

"크윽!!"

동시에 엄청난 충격이 가주의 검을 통해 손바닥, 그리고 손목을 지나 어깨까지 전해졌다.

그 충격이 얼마나 강했는지 일평생 검만 잡고 살아온 가주가 자신도 모르게 검을 놓칠 뻔했을 정도이다.

"말도 안 돼."

그런데 가주에게 갑작스런 충격은 아무것도 아니었다.

당연히 자신의 눈앞에 푸른빛을 뿜어내고 있어야 할 것이 사라졌다.

부러진 것이다.

검강으로 만들어진 검이 말이다.

기를 형상화한 검강은 같은 검강이 아닌 이상 절대로 부서지지 않는다는 것이 가주가 알고 있던 상식인데, 지금 그 상식이 산산이 부서져 버렸다.

재중 때문에 말이다.

"완성되지 않은 검강은 오히려 완성된 검사보다 못합니다."

언제 다가왔는지 재중이 가주 옆에서 나직하게 말했다.

재중은 가주가 들고 있던 검의 나머지 반쪽을 맨손에 든 채로 서 있다.

털썩!

허무했다.

가주는 지금까지 살아오면서 이처럼 허무한 적이 없었다.

평생을 바쳐 이룬 경지다.

그리고 초절정의 증거인 검강을 만들어냈다.

재중의 치료를 받고 완쾌된 가주는 불현듯 자신이 그토록 꿈꾸던 경지인 검강을 만들 수 있을 것 같다는 막연한

생각에 이곳 연무장을 찾았었고, 그날 처음 검강을 만들어
냈다.

　처음으로 자신이 만들어낸 검강을 보던 가주는 자신도
모르게 눈물을 흘렸다.

　꿈에도 그리던 경지가 아닌가?

　모든 것을 내려놓고 있었다.

　어차피 곧 죽을 목숨이기에 자신이 평생을 휘둘러온 검
의 형식까지도 모두 내려놓은 가주였다. 그때 내려놓음으
로써 자신이 깨달음을 얻었다는 것을 모르다가 몸이 정상
으로 돌아오자 막연히 할 수 있을 것 같은 기분에 한번 시
도해 본 것이 성공한 것이다.

　자신이 만든 검강을 보고 있는 그 순간만큼은 죽은 자식
도, 검예가라는 직접 일군 가문도 모두 잊고 순수하게 검강
에만 집중했었다.

　하지만 그게 오히려 함정인 것을 가주는 몰랐다.

　"초심을 찾으세요. 그럼 완성될 겁니다."

　"……."

　가주가 부러진 자신의 검을 허망하게 쳐다보는데 재중의
말이 귓가에 아른거렸다.

　'처음? 초심? 내가 잊고 있었나?'

　처음에는 재중이 한 초심이라는 말이 뭔지 이해가 가지

않았다.

하지만 강한 충격에 피가 타고 흐르는 검의 손잡이와 함께 부러진 검날을 보는 순간 불현듯 떠오른 것이다.

'아, 그렇구나. 버림으로써 난 얻은 것이구나. 그랬구나.'

큰 가르침은 아니었다.

다만 재중은 가주의 현재 상태를 정확하게 보고 있을 뿐이었다.

대륙에서도 마스터에 이르면 오만해지면서 그 힘에 취해 오히려 휘둘리는 경우가 흔하진 않지만 종종 있었다.

그리고 그렇게 된 자는 대부분이 가문에서 심혈을 기울여 키운 녀석들이다.

스스로를 버림으로써 얻은 힘이 아니라 누군가에게 받은 힘은 결국 그 힘에 휘둘릴 수밖에 없는 것이다.

재중이 군이 가주의 검강을 부러뜨린 것도 이 때문이다.

힘에 취한 사람은 절대로 자신이 힘에 취했다고 느끼지 못하기에 힘의 근원인 검강을 부러뜨림으로 그동안 자신이 착각하고 살았다는 것을 일깨워 준 것이다.

마약만큼 무서운 것이 바로 힘이다.

권력, 재력에 인간들이 미치는 것이 무엇 때문인가? 그건 바로 권력이 가지는 힘, 재력이 가지는 힘 때문이다.

모든 욕심의 기본이 바로 힘이었다.

그리고 가주의 힘의 기본은 검강이기에 그걸 부러뜨린 것이다.

잔인하고 독하게 말이다.

스르릉.

잠시 동안 자신의 부러진 검을 하염없이 쳐다보던 가주는 조용히 부러진 검을 검집에 다시 넣더니 고개를 들어 재중을 쳐다봤다.

그런데 가주의 표정이 너무나 편안해 보인다.

방금 전 자신의 모든 것이 꺾였다고는 생각되지 않을 만큼 평온한 표정 말이다.

"고맙네. 내가 깨닫지 못하고 있었어. 결국 검사든 검강이든 그것을 휘두르는 것은 나 자신인데 말이야."

씨익~

그런 가주를 향해 재중은 그저 웃어줄 뿐이다.

예상보다 가주가 빨리 깨달았기에 재중으로써도 약간은 안심이 되기도 했다.

가주는 확실히 천재였다.

무예에 있어서만큼은 말이다.

"그런데 허접하지만 그래도 검강이네. 그걸 맨손으로 부러뜨린 자네는 도대체……?"

저격 총알을 튕겨낸 것은 오히려 아무것도 아닌 수준이
다.

완성되지 않았다고 하지만 맨손으로 검강을 부러뜨리다
니, 도무지 가주 눈에는 재중이 인간으로 보이지 않았다.

가주의 물음에 재중은 조용히 푸른빛이 감싸고 있는 자
신의 손을 보여주었다.

"서, 설마 그건… 수강!!"

검이나 무기를 사용한 것보다 몇 배는 힘들고 어렵다고
알려진 수강을 아무렇지 않게 만들어 보여주는 재중의 모
습에 가주는 놀라움을 감추지 못했다. 그리곤 이내 허탈한
표정으로 웃음을 터뜨렸다.

처음부터 자신이 어떻게 할 상대가 아니었던 것이다.

수강이라니?

검에 강기를 씌워 만드는 것이 검강이라면, 맨손에 강기
를 씌워 만드는 것이 바로 수강이다.

강기라는 기를 형상화한 것을 검에 씌운 것이 바로 검강
이다.

대부분 검이라는 고정된 물체에 강기를 씌우는 것은 고
정되어 쉽다는 점도 있지만 동시에 검강이 검이라는 특성
을 극대화하기 때문이다.

하지만 수강은 자유롭게 움직이는 손에 강기를 씌워서

만드는 것으로 검강에 비해 최소한 수배는 힘들었다.

검강만 전설 속의 경지가 아니라 수강도 전설 속의 경지였다.

그리고 가주는 자신이 검강을 만들고 나서야 알 수 있었다.

검강과 수강은 하늘과 땅 차이라는 것을 말이다.

"최소한… 초절정은 넘어섰군."

언뜻 가주가 본 문헌에 나와 있기를 무인의 단계를 삼류, 이류, 일류, 절정, 초절정, 그리고 현경의 단계로 나눈다고 했다.

사실 현재 가주는 경지는 냉정하게 말하자면 절정에 턱걸이로 들어선 상태였다.

그 말은 절정을 이루면 그때부터 검강을 만들어 사용할 수 있다는 말이다.

사실 삼류무인만 해도 웬만한 조폭들은 가지고 노는 게 무인이라는 존재이다.

기본적으로 무인이라고 인정받는 최소의 경지가 삼류일 뿐, 삼류가 절대로 약한 것이 아니다.

재중을 만나기 전까지 가주는 검사를 사용하는 일류의 경지에 머물러 있었는데, 현재의 세계는 그런 일류의 무인이라도 가문을 일으킬 만큼 무인의 수준이 많이 떨어져 있었다.

당연히 그런 세상에 홀로 무공에 모든 것을 바친 사람이 자신의 무공에 자부심을 가지는 것은 당연했다.

하지만 그것이 오히려 자신의 발목을 강하게 잡았다는 것을 검강이 부러지고서야 비로소 깨달은 것이다.

"버리면 되는 것을… 결국 움켜쥐려고 했던 내가 바보였어."

그리고 부러진 검을 뽑아 연무장에서 가장 잘 보이는 곳에 걸어놓은 가주이다.

재중에게 원망은 조금도 없었다.

아니, 오히려 고마웠다.

목숨을 살려준 것도, 자신의 치부를 알려준 것도, 그리고 자신이 가지고 있던 허망한 욕심까지 부러뜨려 준 것까지도 말이다.

"아, 사람이 갑자기 바뀌면 죽는다는데……."

재중은 지금 천천히 걸어가면서 방금 전까지 자신을 괴롭히던 가주를 생각하는 중이었다. 저절로 고개가 저어졌다.

재중이 힘에 취하지 말고 힘을 제압하라는 뜻에서 조금 강하게 충격 요법을 준 것은 사실이다.

물론 그 덕분에 재중의 의도대로 가주는 정신을 차렸고,

검예가는 더더욱 강해질 것이다.

검예가가 강해질수록 재중은 귀찮은 녀석들로부터 자유로워질 수 있기에 결과적으로 재중이 검예가를 도와준 것은 모두 자신이 편하기 위해서 였다.

하지만 예상보다 더욱 강하게 가르침을 달라면서 끈질기게 물고 늘어지는 가주는 생각할수록 저절로 고개가 흔들어진다.

최소한 한 달에 한 번은 와서 자신에게 가르침을 달라고 하는데 그걸 거절하느라 정말 재중은 진땀을 빼야만 했다.

"그럼 이제 대충 정리가 된 건가?"

선우연아도 찾았다.

자신을 귀찮게 하는 김인철과 그 배후에 있는 녀석들도 가주를 자극해 놓았으니 이후부터는 가주가 알아서 처리할 것이다.

카페는 정말 잘 돌아가고 걸리는 것도 없다.

물론 재중의 카페가 가장 먼저 시작한 개인 머그컵을 보관해 주는 이벤트를 미화여대 카페들이 하나씩 따라 하기 시작하긴 했지만 어차피 돈 벌자고 카페를 시작한 것은 아니기에 무시할 수준이다.

"평화로운… 생활의 시작이군."

수능을 보고, 테라의 고집대로 S대를 입학해서 차분하게 졸업할 생각이다.

　최소한 S대 졸업한 학력이면 선우연아가 어디 가서 기죽
지는 않을 것이다.

　사실 하버드나 MIT를 생각한 적도 있지만, 카페를 완전
히 비우고 가는 것은 아무래도 문제가 있다고 판단했기에
그냥 우선 S대로 만족하기로 한 재중이다.

　"평화의 시작이구나. 홍홍~ 그래, 이게 내가 처음 지구
로 오면서 생각했던 생활이야. 그렇지. 그렇고말고."

　재중은 콧노래를 불렀다.

Chapter 11
브로커

재중귀환록

정말 아무 문제 없었다.

당장은 자신을 귀찮게 할 녀석도, 단체도 없을 것이라 생각했다.

다음날 테라가 가져온 연아에 대한 정보를 보기 전까지는 말이다.

─마스터, 작은 마스터께서 왜 표정이 어두웠는지 이유를 알았는데… 그게… 죽은 양부모를 대신해 운영하는 마켓을 노리는 녀석들이 있어요.

"자세하게 말해봐."

선우연아에 대한 일이라면 결코 쉽게 넘기지 않을 것이
분명하기에 테라도 나름 최대한 알아보고 나서 이야기를
시작했다.

당연히 재중이 불같이 화를 냈지만, 주변에 살기를 뿌리
는 그런 실수는 하지 않았다.

거기다 지금 카페 영업 시간이었다.

손님이 가득한 카페 안에서 살기를 뿌릴 만큼 재중이 어
리석은 것도 아니다.

하지만 속으로 지금 삭이고 있는 재중의 분노는 그 어느
때보다 무섭게 타오르고 있는 중이다.

—제 패밀리어를 작은 마스터의 그림자에 숨겨두고 알아
낸 정보에 의하면 지금 전문적으로 이민을 도와주는 브로
커가 마켓을 노리는 듯해요.

"브로커? 녀석들이 왜 연아가 운영하는 마켓을 노린다는
거지?"

이민 브로커가 갑자기 튀어나오자 재중이 조금 이상해
물어보았다.

—이게 참 설명이 많이 필요한데요.

그리고 테라의 길고 긴 설명이 시작되었다.

마침내 테라의 설명을 다 듣고 난 재중은 길게 한숨을 내
쉬었다.

내용을 요약하자면 이민이라는 것이 결코 알려진 것처럼 꿈과 희망이 넘치는 드림랜드가 아니라는 것이다.

간단하게 알래스카가 미국 땅이니 예를 들어보면 세계에서 유일하게 의료를 민영화한 국가가 바로 미국이다.

그리고 그런 의료 민영화의 최대 단점은 바로 최소한의 노력으로 최대한의 이윤을 얻는 것이다.

그러다 보니 이해하기 쉽게 설명하면 죽을병에 걸려서 의료보험을 받으려고 하면 몇 년 전에 감기를 심하게 앓지 않느냐면서 그걸로 혹시나 병을 숨긴 것처럼 꼬투리를 잡아서 어떻게든 보험료를 주지 않으려고 노골적으로 행동하는 곳이 바로 미국이다.

이민, 성공만 한다면 당연히 드림랜드에 꿈과 희망이 가득할 것이다.

하지만 현실은 완전히 달랐다.

생각해 보라.

대학 나온 영어 잘하는 자국민도 취직을 하지 못해 결국 다른 나라로 취업을 떠나는 판이다.

그런데 영어도 못하고 다른 나라에서 온 외국인을 누가 써주겠는가?

비싼 물가에 말도 안 되는 의료 시스템 등 한마디로 사실을 안다면 절대로 가지 않을 것이 바로 이민인 것이다.

하지만 매년 수천 명의 사람이 이민을 가는 것도 사실이다.

과연 그 사람들이 어떻게 알아서 이민을 갈까?

간단했다.

이민 브로커가 중간에서 원하는 나라에 도착해 비행기 내리는 순간까지 도와주는 것이다.

그리고 알래스카에도 의외로 한국 이민자가 많은 편이었다.

특히나 사람의 숫자가 적은 알래스카는 이민자를 적극적으로 환영하는 곳이기도 했다.

하지만 알래스카를 가보면 알겠지만, 그곳에 대한 평가는 한마디로 그냥 눈 많고 동물 많은 곳에 불과했다.

그 큰 땅덩이에 사는 사람들 전체보다 서울에 사는 사람이 더 많으니 무슨 말이 필요하겠는가? 그렇다 보니 사람들이 모여 사는 곳만 집중되는 현상이 벌어지는 것은 당연했다.

땅은 크지만 사람이 사는 곳은 오히려 좁은 곳, 그곳이 바로 알래스카인 것이다.

반면 이민자들은 계속 들어오는 중이다.

브로커 자신들도 먹고살려면 어떻게든지 사람을 계속 끌어들여야 했으니 그건 너무나 당연했다.

그런데 사람 사는 곳은 한정되어 있고, 그만큼 사람이 새로 들어와 봐야 좁은 곳에서 밥그릇 싸움만 치열해진다.

특히나 기존에 자리 잡은 사람들보다 새로 들어온 사람들이 불리한 것은 너무나 당연했다.

결국 브로커들은 새로운 이민자들에게 더 많은 돈을 뜯어내기 위해 기존에 살고 있던 사람 중에 혼자거나 그냥 자신들이 적당히 내쫓을 수 있는 사람을 골라서 강제로 쫓아버리기 시작했다.

그리고는 자신들이 쫓아낸 기존 이민자가 가지고 있던 재산이나 건물 등을 아주 헐값에 매입해서 새로 이민 오는 사람들에게 되팔기를 반복했던 것이다.

그리고 때마침 그런 브로커의 눈에 양부모가 사고로 죽어버리고 이제 20대 후반의 여자 혼자 운영하는 마켓이 들어왔다. 그들에게 선우연아는 너무나 쉬운 먹잇감에 불과했다.

─때를 잘 맞췄던 것 같아요.

정말 절묘했다.

연아의 그림자에 테라가 만든 패밀리어를 숨겨둔 바로 얼마 지나지 않아 연아가 사는 집에 도둑이 들었는데, 패밀리어가 그 도둑을 잡은 것이다.

그런데 막상 잡고 보니 도둑을 가장한 브로커의 사주를

받은 살인청부업자였다.

지금 테라가 알고 있는 브로커에 대한 정보도 그때 청부업자를 잡아서 알아낸 것이다.

녀석은 이미 수차례 브로커와 함께 일했는지 사정을 자세하게 알고 있었다. 덕분에 테라는 비교적 쉽게 연아의 표정에 그늘이 생긴 이유를 알게 되어 사실 확인을 하자마자 바로 재중에게 말한 것이다.

"음……."

사실 재중이라고 연아를 자신의 곁에 두고 싶지 않겠는가?

하지만 재중이 연아를 곁에 두게 되면 김인철, 아니, 김인철의 뒤를 봐주고 있는 녀석들이 신경 쓰였기 때문에 연아의 안전 때문에 어쩔 수 없이 찾았다는 사실조차 아는 사람이 없도록 조용히 있었다.

그래도 재중이 생각하기에 이곳 한국보다는 알래스카가 그동안 살아온 곳이니 안전할 것 같아서 말이다.

그런데 이번에 이민 브로커가 연아를 노리고 노골적으로 강도를 가장한 살인청부를 했다는 것은 생각을 다시 하는 계기가 될 수밖에 없었다.

"차라리 한국으로 데리고 와야 하나."

아무리 테라가 만든 패밀리어가 연아를 보호하고 있다고

는 해도 알래스카와 한국의 거리가 멀다는 것은 어쩔 수 없는 현실이다.

─고민하기보다 차라리 사실대로 브로커가 노렸다는 것까지 다 말하고 결정을 작은 마스터께 맡기는 게 좋지 않을까요?

테라가 보기에 지금 재중의 고민을 해결할 열쇠는 결국 연아가 쥐고 있었다. 재중도 테라의 말을 듣고는 고개를 끄덕였다.

자신이 아무리 고민하고 생각해 봐야 연아가 알래스카에서 계속 살겠다고 하면 어쩔 수 없지 않는가?

지금의 패밀리어보다 더욱 강하거나 숫자를 늘려서라도 알래스카에 살면서 위험이 없도록 도와주는 수밖에 없으니 말이다.

물론 연아가 자신과 같이 살겠다고 한다면 그것만큼 좋은 일도 없다.

이번 일이 없었다면 모를까, 일이 벌어진 이상 재중은 차라리 자신 옆에 연아가 있는 것이 가장 안전할지도 모른다는 생각이 강하게 들었다.

"그래, 뭐. 연아에게 맡기는 것이 가장 자연스럽겠지."

재중도 좋든 싫든 연아의 선택을 존중하려는 생각이다.

"우선 알래스카로 가보자"

여기서 생각하는 시간에도 브로커가 무슨 짓을 할지 모르니 우선 빠르게 텔레포트로 이동해서 페어뱅크스에 도착했다.

재중은 곧바로 연아가 운영하고 있는 마켓으로 향했다.

"제법 크네?"

사실 연아 혼자 운영한다기에 커봐야 얼마나 클까 했는데, 실제로 와서 본 마켓은 규모가 상당했다.

─직원이 20명이니 적은 것은 아니에요.

한국에서 흔히 보는 그냥 동네 슈퍼마켓 정도로 생각했는데 웬만한 창고형 마트에 가까웠다.

하지만 그렇기 때문에 재중은 안타까운 마음이 들었다.

마켓의 규모가 혼자 책임지기에는 너무나 컸다.

양부모가 살아 있을 때야 가족끼리 분담하면 되지만, 혼자가 되어버린 연아가 홀로 마켓의 모든 운영을 책임지고 있으니 책임감이 오죽하겠는가?

재중에게조차 내색하지 않으려고 노력한 모습을 보면 알리고 싶지 않았던 것 같지만 언제까지 숨길 수는 없는 일이다.

"바보같이, 나에게는 힘들면 힘들다고 해도 될 것을……."

연아가 왜 자신이 힘든 것을 내색하지 않았는지 재중도 알고 있다.

연아는 만나기 전까지 재중을 잊고 지낸 것이 못내 너무 미안했고, 그렇게 힘들게 자신을 찾아온 오빠에게 지금 힘들다고 냉큼 기대는 것을 도무지 스스로가 용납할 수 없었을 테니 말이다.

확실히 남매는 남매였다.

나름대로 스스로에게 당당해지려고 하는 성격만큼은 똑같았다.

마켓에서 떨어진 곳에 서서 계속 지켜보고 있던 재중의 시야에 연아가 자주 보였다.

이것저것 여러 가지를 옮기고, 정리하고, 치우고 하는 모습에 재중이 자신도 모르게 다가갈 뻔했다.

특히나 밥은 제대로 먹고 있기나 한 건지가 마음에 걸렸다.

많이 피곤해 보이는 모습이다.

"테라, 브로커 녀석들이 언제쯤 연아에게 접근하지?"

—거의 마켓이 마감할 시간에 접근했습니다. 아마 녀석들도 작은 마스터께서 변함없이 마켓에 출근한 것을 보고 자신들의 청부가 실패했다는 것을 알았을 거예요. 그러니 어떻게 바뀔지는 모르지만 지금까지는 마켓이 마치는 시간에 찾아왔어요.

사실 재중은 곧바로 브로커를 찾아가서 녀석들 목을 죄

다 비틀어 버릴 생각이었다.

아니, 그러고도 분이 풀리지 않을 것이다.

하지만 그래서는 연아가 자신이 얼마나 위험에 처해 있었는지 모를 것이다.

한국으로 온다면 데리고 갈 생각까지 하고 있는 재중은 이왕이면 연아가 자신이 처한 상황을 냉정하면서도 확실하게 느껴야 한다고 생각했다.

그래서 일부러 마켓 부근에서 조용히 브로커 녀석들이 접근하기를 기다리고 있는 중이다.

어제 강도를 위장해서 연아를 어떻게 하려던 것이 수포로 돌아갔으니 분명히 오늘도 높은 확률로 녀석들이 뭔가 강하게 나올 것이라 예상했다.

위험을 방치하는 것이 어떻게 보면 그렇게 찾아 헤맨 여동생을 상대로 냉정하게 보일지 모른다.

하지만 재중이 지금까지 살아온 인생이 너무나 치열하다 보니 보듬어주기보다는 냉정하게 알려주는 방법밖에 몰랐기에 어쩔 수 없었다.

이런 생각은 테라도 재중과 비슷했다.

드래곤을 닮은 사고방식을 가진 테라였으니 논리적인 성격이 강한 것이다.

그리고 조금 전까지 흑기병이 알아온 정보에 의하면 현

재 브로커가 맡고 있는 이민자 중에 바로 다음 달에 페어뱅크스로 이민을 계획하고 거의 성공 단계에까지 와 있는 가족이 있었다.

그러다 보니 이민 브로커는 조금이라도 더 챙겨먹을 생각으로 이민자에게 급하게 연아가 운영하는 마켓을 넘겨주겠다는 조건을 제시했다고 한다.

이미 두둑한 돈까지 받은 것을 확인한 상태이다.

상황이 이렇다 보니 어제 연아의 집에 침입해서 조용히 강도 사건으로 위장해서 죽이려고 했던 것도 그만큼 녀석들이 시간에 쫓기고 있다는 것을 그대로 보여주는 증거이기도 했다.

그렇게 재중은 영하 15도를 가볍게 넘는 알래스카의 매서운 칼바람을 맞으면서도 차분하게 마켓을 쳐다보고 있었다. 오히려 재중의 눈빛은 시간이 갈수록 날카롭게 변하는 중이다.

그때,

—마스터, 브로커예요.

테라가 손짓으로 가리킨 곳을 보니 커다란 SUV차량 한 대가 마켓 주차장에 들어서는 모습이 재중의 시야에 걸렸다.

—차 넘버가 같으니 녀석들이 맞아요. 그런데 어지간히

급했나 보네요. 이 시간에 마켓에 직접 오다니.

확실히 어제 사건이 불발로 끝나면서 변수가 생긴 듯 평소와 다르게 오늘은 한낮에 마켓으로 찾아온 것이다.

거기다 SUV에서 내리는 녀석들의 모습도 심상치가 않았다.

"마나……?"

하지만 재중은 놈들이 급한 것 같다는 테라의 말보다는 처음 느껴보는 마나의 느낌에 놀라는 중이었다.

브로커를 따라 내린 사람 중에 40대 후반으로 키는 좀 작지만 백인 남자의 몸에서 마나가 느껴지고 있었다.

ㅡ어라? 진짜 마나가 느껴져요.

재중의 말에 테라도 뒤늦게 탐지 마법을 펼쳐서 살펴봤다.

정말 재중이 말한 키 작은 백인 남자의 몸에서 마나가 느껴졌다.

물론 검예가의 가주에 비하면 태양 앞에 반딧불 수준이지만 이곳 알래스카에서, 그것도 백인의 몸에서 마나가 느껴지자 조금은 새롭다는 느낌이다.

하지만 새로운 느낌은 느낌이고 지금 중요한 것은 그것이 아니라 브로커가 왔다는 것이었다.

브로커 녀석들이 마나를 다루는 녀석까지 데리고 왔다는

것은 뭔가 이번에 결판을 보겠다는 의지로 보였다.

녀석들이 마켓을 향해 걸어가자 재중도 몇 시간 동안 가만히 서 있던 곳에서 처음으로 움직였다.

겨우 한 걸음이었다.

하지만 그 한 걸음으로 인해 재중의 몸이 마치 눈 속으로 가라앉듯 빠르게 빠져들더니 순식간에 사라져 버렸다.

"진동수 씨, 전 더 이상 할 이야기가 없다고 했잖아요."

가뜩이나 혼자 운영하려면 힘들어서 밥 먹는 시간도 쪼개어가면서 일하는 연아다.

한데 놈들이 오늘따라 바쁜 시간에 찾아오니 저절로 미간이 찌푸려졌다.

"허어, 왜 이러시나? 우린 도와주러 온 거라니까. 좋은 값에 쳐줄 테니까 그냥 우리한테 팔아. 그럼 난 또 다른 이민자들을 돕기 위해 기꺼이 이 마켓을 내놓을 용의가 있는 사람이야."

헤어젤인지 헤어스프레이인지는 모르지만 온풍기에서 불어오는 바람에도 머리카락 하나 움직이지 않는 헤어스타일을 가진 브로커 진동수다.

진동수는 능글능글 웃으면서 연아 곁으로 다가가더니 서슴없이 연아의 어깨에 손을 올리려다,

짝!

"고것 참 맵네. 크크크큭."

매몰차게 내친 연아의 손에 손등을 얻어맞고 말았다.

"제 몸에 손대지 마세요!!"

"호오~ 잃어버린 오빠를 찾아서 이렇게 기고만장해지셨나?"

"……!!"

연아가 오빠를 찾았다는 것을 아는 사람은 마켓 직원 외에는 모르는 사실이다.

그것도 어제 직원들에게 회식 자리에서 이야기했는데 진동수가 그걸 알고 있다는 사실에 연아의 눈동자가 매서워졌다. 하지만 브로커 생활만 벌써 수십 년째인 진동수에게는 귀엽게만 보일 뿐이다.

팔랑~

품에서 매매계약서를 꺼낸 진동수는 연아 앞에 내놓으면서,

"그냥 사인만 해. 내가 후하게 값을 치러줄 테니까. 응? 우리 좋게좋게 가는 것이 서로에게 좋지 않겠어? 아니면 한쪽만 피곤해지는데 말이야. 크크크큭."

말을 하면서 슬쩍 뒤를 돌아다보는 진동수의 행동이 말하는 것은 간단했다.

지금 사인을 안 하면 힘으로라도 받겠다는 것이다.

일가친척은커녕 본래 이 마켓을 운영하던 부부의 양녀로 들어온 연아에게 이곳 알래스카에서 기댈 곳이라곤 없다는 것을 이미 알고 있는 전동수다. 때문에 그의 행동은 거침이 없었다.

연아도 혼자 운영하기 벅차다고 생각하고 있는 참이긴 했다.

오빠까지 찾은 마당에 더 이상 혼자가 아니라는 생각에 처분할까 하는 생각도 했다.

이런 상황에 전동수의 말은 결코 나쁜 것이 아닌 듯 보이기에 충분했다.

하지만 이처럼 연아가 노골적으로 싫어하는 것은 전동수가 수차례 말하는 좋은 값에 사주겠다는 말도 안 되는 거짓말 때문이다.

"20년 전 가격으로 사겠다는 것이 좋은 값이라니, 기가 막히네요!"

전동수는 몇 년 전 시세도 아니고 무려 처음 연아가 입양 왔던 20년 전 페어뱅크스에 양부모가 마켓을 차린 바로 그 시세로 사겠다는 것이다.

그때에 비해 지금의 페어뱅크스는 많이 커지고 사람도 많아졌다.

결국 이미 자리 잡은 마켓을 헐값에 꿀꺽한다는 말이나 다름없으니 힘들고 외롭지만 연아는 죽어도 팔지 않겠다고 고집을 부릴 수밖에 없었다.

자신을 키워준 양부모님의 모든 것이 고스란히 남아 있는 마켓이다.

좋은 값에 팔라고 해도 심각하게 고민해야 할 일이다.

그런데 20년 전의 시세로 사겠다는 전동수의 말이 먹혀들 리가 없는 것은 너무나 당연했다.

현재 시세의 반값도 되지 않는 돈으로 사겠다는 것은 한마디로 그냥 꿀꺽하겠다는 것이니 말이다.

당연히 연아에게 헐값에 사서 되팔 때는 분명히 현재 시세보다 더 높게 쳐서 받을 것이 눈에 뻔히 보이는데, 절대로 저런 사기꾼들 배불려 줄 생각은 없었다.

하지만,

"꼭… 한국 놈들은… 맞아봐야 정신을 차린다니까."

마지막까지 곱게 말해도 연아가 듣지 않자 전동수가 슬쩍 뒤로 물러나면서 고갯짓을 했다.

전동수를 따라온 네 명의 남자 중 키 작은 백인을 제외한 세 명이 연아에게 다가갔다.

"오지 마!! 소리 지를 거야!!"

건장한 남자 셋이 다가오자 겁이 난 연아가 소리쳤지만

오히려 그런 연아의 모습에 전동수는 웃었다.

"소리쳐 봐. 누가 들어나 주나. 크크크큭. 이미 근처에
사람이 없도록 이야기해 놓은 상태니까."

이미 이곳 직원들마저 전동수가 매수해 놓은 상태였다.

그래서 연아가 오빠를 찾았다는 것도 전동수가 알고 있
는 것이고 말이다.

"…안 돼! 오지 마! 오지 마!!"

겁에 질린 연아가 천천히 뒤로 물러섰지만 이곳은 마켓
안에 있는 작은 사무실이다.

당연히 몇 걸음 걷지도 못하고 연아는 벽에 등이 닿아 뒤
가 막혀 버렸다.

"건드리지 마!! 오지 마!!"

"아, 귀청이야! 이년이 무슨 기차 화통을 삶아 먹었나!
콱!!"

"까악!"

털썩!

연아의 목소리가 귀에 거슬렸는지 가장 먼저 다가온 대
머리가 손을 번쩍 들어 연아의 얼굴을 후려치려는 순간, 겁
에 질린 연아는 맞기도 전에 기절해 버렸다.

그런데 너무 놀라 기절한 연아의 쓰러지던 몸이 바닥에
닿기 직전, 누군가의 손에 의해 쓰러지던 것이 멈췄다.

"이런. 기절까지 할 줄이야. 쩝, 너무 기다렸나 보네."

"너, 넌 뭐야?!"

방금 전까지 아무것도 없던 곳에서 갑자기 나타나 연아를 안아 든 재중의 모습에 녀석들이 긴장했다.

씨익~

재중은 그저 말없이 웃어 보인 뒤 입을 열었다.

"흑기병."

나직한 한마디에,

철컹, 철컹, 철컹.

구석자리 언저리의 시커먼 그림자 속에서 칠흑보다 어두운 색의 갑옷을 입은 흑기병이 걸어 나오는데 발걸음을 한 번 옮길 때마다 쇳소리가 거칠게 울려 퍼졌다.

"뭐, 뭐야, 저건?!"

"뭔 철갑 인간이?!"

느닷없이 튀어나온 흑기병을 본 녀석들은 기겁하면서 고개를 돌려 전동수를 쳐다보았다.

"야!! 뭘 망설여! 조져 버려!!"

어떻게 된 상황인지 알 수 없는 전동수이지만 이것 하나만은 확실했다.

자신의 본능이 어떻게든 도망치라고 외치고 있다는 것이다.

하지만 평생 남을 협박하며 살아온 전동수가 그런 자신의 본능에 충실할 리 없었다.

콰직!!

"크악!!"

퍼걱!!

"끄악!!"

우드득!!

"쿨럭!"

그러나 그런 자신의 본능을 거부한 전동수의 귀에 들린 단 세 마디의 비명 소리가 흑기병을 향해 달려든 부하들의 마지막 유언이 될 줄은 그도 몰랐다.

전동수의 표정이 굳어버렸다.

그의 눈에는 흑기병이 무엇을 했는지 전혀 보이질 않은 것이다.

그저 그의 눈에 보인 것은 흑기병을 향해 달려든 부하들 뿐이었다.

전동수에게는 달려드는 것과 동시에 목과 허리, 그리고 가슴이 함몰되어 즉사해 버린 부하의 모습만 보였다.

"이, 이 괴물… 같은……."

허무하게 부하 셋이 죽어버린 광경을 목격한 전동수의 입에서 튀어나온 말이다.

재중은 그 말에 오히려 낮은 웃음소리를 냈다.

"뭐… 틀린 말은 아니지. 크크큭."

조심스럽게 연아를 안아 든 재중이 옆 낡은 소파에 살며시 내려놓은 다음 천천히 전동수 앞으로 다가가자,

척!

조금 전 주차장에서 재중이 본, 마나가 느껴지던 키 작은 백인이 재중의 앞을 막아섰다.

재중은 자신을 막아선 녀석을 가만히 내려다보면서 한마디 내뱉었다.

"죽고 싶나?"

섬뜩!

아무런 감정이 없는 재중의 눈동자와 마주친 백인은 순간 온몸이 얼어버리는 느낌을 받았지만,

"합!!"

돌연 우렁찬 기합을 지르더니 움직이기 시작했다.

그리고 그런 녀석의 행동에 재중은 의외라는 듯 갸웃했다.

"호오~ 기합으로 제압을 풀다니 의외네?"

드래곤 아이를 발동한 것도 아니기에 딱히 특별할 것은 없지만 눈으로 살기를 유형화해서 날린 재중의 제압을 우렁찬 기합으로 풀었다는 것이 재중에게는 조금 색다른 모

습이었다.

드래곤 아이에는 미치지 못하지만 살기를 유형화한 제압이라는 기술은 시전자보다 훨씬 높은 마나를 가지고 있지 않는다면 풀지 못한다는 것이 대륙의 일반적인 정설이다.

그렇기에 지금처럼 일순간 힘을 모아 기합을 지르는 것으로 제압을 푸는 것은 처음 접해본 것이다.

키 작은 백인은 재중의 제압을 힘이 아닌 기술로 푼 것이다.

물론 재중이 마음먹고 살기를 유형화해서 쏘아 보낸 것도 아니긴 했다.

"쿨럭!!"

그렇지만 아무리 건성으로 만들어낸 살기여도 대륙에서 100년간 드래고니안이라는 괴물과 전쟁을 치른 재중의 살기가 결코 가벼울 리 없었다.

그 증거로 재중의 제압을 풀긴 했지만 내상을 입었는지 입에서 검붉은 피를 흘린 백인이다.

"난… 마이클 베이요. 당신은 도대체 누구요?"

백인이 힘겹게 입을 열자 재중은 싱긋 웃는 얼굴로 말했다.

"오늘 너희를 죽여 버릴 저승사자."

섬뜩!

진심이다.

마이클은 방금 재중의 웃는 얼굴에서 미소와 어울리지 않는 진한 살기를 본능적으로 느낄 수가 있었다.

하지만 이곳 알래스카에 저런 고수가 있다는 말을 들어본 적이 없는 마이클은 머릿속이 복잡했다.

그런데 그런 마이클의 뒤에서 전동수가 재중을 향해 손가락질하더니,

"선우재중! 맞아! 넌 저년의 오빠구나!!"

라고 외치는 순간, 흑기병이 바람처럼 사라지더니 어느새 전동수의 목을 움켜쥐고 있다.

"쿨럭!"

"……!!"

마이클은 흑기병이 움직이는 것조차 느끼지 못한 것에 놀라는 반면 전동수는 오로지 본능적으로 살기 위해 발버둥치고 있다.

—마스터, 어떻게 할까요?

나직하고 무거운 흑기병의 목소리가 울리자 재중은 대답 대신 손을 한번 휘저었고,

우드득!

그것으로 살려고 발버둥 치던 전동수의 몸이 축 늘어져버렸다.

재중의 손짓과 동시에 목을 쥐고 있던 흑기병이 손에 힘을 주자 목의 모든 뼈가 부러져 버린 것이다.

얼마나 강한 힘으로 움켜쥐었는지 본래 전동수의 목보다 반 이상 얇아져 있다.

당연히 머리는 힘없이 덜렁거렸다.

"잔인한!!"

전동수의 죽음을 목격한 마이클이 재중을 향해 소리쳤지만 그러거나 말거나 재중은 그런 마이클의 바로 코앞까지 다가와 내뱉었다.

"죽이는 데 잔인하고 안 하고가 어디 있어? 죽으면 다 똑같은 거지."

덜덜덜덜.

재중의 눈빛을 가까이서 마주하자 마이클은 자신도 모르게 온몸이 떨리는 것을 느꼈다. 하지만 마이클 자신으로서도 어떻게 할 수가 없었다.

아니, 재중의 눈동자를 가까이서 마주쳤을 때부터 이미 마이클의 머릿속은 하얗게 되어가고 있었다.

범접할 수 없는 존재, 인간이 아닌 존재.

마이클이 마지막으로 재중을 보고 느낀 것은 오로지 그것뿐이었으니 말이다.

덥석!

그리고 혹기병이 마이클의 목을 쥐고,

우드득!

비틀어 버리는데도 마이클의 눈동자는 고통보다는 멍해
져 허공을 바라보고 있었다.

"그냥 바다에 버릴까?"

재중이 전동수를 비롯해 네 명의 시체를 보면서 무심하
게 말하자,

―마스터, 제게 좋은 생각이 있어요.

재중의 그림자에서 불쑥 튀어나온 테라가 양손을 번쩍
들더니 소리쳤다.

"좋은 방법?"

매번 바다에 버리는 것도 귀찮지만 녀석들이 연아의 마
켓에 들어가는 장면이 CCTV에 찍혀 있기에 뭔가 색다른 방
법이 필요하다고 느끼고 있던 재중이었다.

―여기서 죽었다는 증거만 없으면 되잖아요. 그렇죠, 마
스터?

"그야… 연아가 연루되면 안 되니까 당연하지."

―그럼 좋은 방법이 있죠. 호호호호홋!

그리곤 곧바로 숨어 있던 마도서가 허공에 떠오르더니
저절로 페이지가 빠르게 넘어가다가 곧 멈췄다.

―세상의 역행하는 이들이여, 나의 명에 따라 움직여라.

나의 명에 따라 걸어라. 나의 명에 따라 되살아날 것이다.

좌아악!!

테라의 마법이 끝나자 허공에 네 개의 작은 마법진이 그려지더니 살아 있는 듯 저절로 죽어버린 전동수를 비롯해 마이클과 세 명의 시체의 몸속으로 스며들어 버렸다.

그런데 마법진이 스며들고 얼마 지나지 않아,

으으득.

죽었던 녀석들이 스스로 일어나는 것이 아닌가? 마치 좀비처럼 흐느적거리면서 제대로 일어나 서 있지를 못해 넘어지기를 몇 번 반복하더니 곧 멀쩡하게 서서 걷기 시작했다.

—아, 부러진 목은 좀 그러네.

멀쩡하게 일어서 있지만 흑기병의 손에 목이 부러져 버린 전동수와 마이클의 머리가 너무 덜렁대는 모습에 테라가 다가가 몇 번 손짓하자 금방 살아 있는 사람처럼 멀쩡해졌다.

그리고는 스스로 걸어서 사무실을 나간다.

사무실의 CCTV로 확인하니 정말 살아 있는 사람과 전혀 다를 것 없이 멀쩡하게 걸어서 마켓을 벗어난 시체들이 자신들이 타고 온 SUV에 다시 올라타더니 시동을 걸고 유유히 카메라 시야에서 벗어났다.

"그거 네크로맨시 마법이지?"

재중이 테라를 슬쩍 쳐다보며 물어보자,

―네. 뭐, 이미 죽어버린 녀석들이니 어쩔 수 없잖아요. 하지만 어때요? 완벽하죠? 절대로 이곳에서 녀석들이 죽었다는 것은 아무도 모를 테니까요.

"뭐… 그렇긴 하네."

확실히 CCTV가 결정적인 증거가 될 테니 말이다.

전동수를 비롯한 일행이 멀쩡하게 살아서 걸어 나가 차까지 몰고 나간 것이 고스란히 찍혀 있는 상황에 이곳 경찰이 연아를 의심할 일은 없었다.

"그런데 어디까지 보낸 거야?"

아무리 네크로맨시 마법이지만 테라가 한 것은 한정적인 시간 동안만 시체를 살아 있는 사람처럼 움직이게 하는 마법이다.

재중도 드래고니안 중에 하나가 내크로맨시 마법을 썼기에 약간은 알고 있기에 물어보았다.

―저기~ 산속 깊은 곳으로 가도록 했어요. 이왕이면 늑대나 곰이 많은 곳으로요. 호호호호홋!

대화 내용만 보면 정말 가슴 섬뜩한 말뿐이지만 재중과 테라는 아무렇지도 않았다.

적에게는 그 누구보다 냉혹해야 한다는 것이 재중의 철

학이고, 테라는 어차피 드래곤이 만든 영혼이기에 인간의
생명에 감정조차 없으니 말이다.

아무튼 그렇게 일 처리를 한 다음 재중이 기절한 연아에
게 다가가 부드럽게 이마를 쓰다듬어 주었다.

"끄으으음……."

마치 잠에서 깨어나는 듯 정신을 차린 연아는 잠시 멍하
니 재중을 쳐다보다가,

"오빠!!"

화들짝!!

너무 놀라서 벌떡 일어서 앉는다.

"오빠가 지금 여기에 왜 있어?"

한국에 있어야 할 재중이 지금 자신 눈앞에 있으니 당연
히 놀랄 수밖에 없다.

하지만 재중은 그런 연아의 모습에도 아랑곳하지 않고
웃으면서 말했다.

"네가 위험하니까."

"내가 위험하……!"

재중의 말에 연아는 그제야 놀라 방금 전까지 자신을 협
박하던 전동수와 그 부하들이 떠올랐다. 연아는 급하게 일
어서 주변을 살펴봤지만, 재중과 자신 외에는 아무도 없었
다. 연아가 이상해서 고개를 갸웃거렸다.

"오빠, 혹시 다른 사람들 못 봤어?"

"응? 아, 그 전동수라는 사람?"

"맞아! 혹시 그 사람에게 맞은 건 아니지? 그렇지?"

전동수가 자신에게 했던 협박과 행동을 생각하면 당연히 재중이 자신이 기절한 사이에 맞지 않았는지 걱정되는 마음뿐이다.

연아는 급하게 재중의 얼굴과 목, 그리고 손을 살펴봤다.

"하아, 다행이야, 정말."

아무런 이상이 없자 그제야 진심으로 안도의 한숨을 내쉬는 연아였다.

"그 사람, 급한 볼일 때문에 간다고 하던데……."

말도 안 되는 재중의 거짓말이었지만 연아는 그저 운이 좋았다고 생각했다.

설마 재중이 전동수와 그 일당을 상대로 싸워서 이겼을 리는 없다고 생각했으니 말이다.

연아가 봐도 재중은 그저 호리한 몸매에 딱히 싸움을 할 것 같은 모습이 아니었다.

겉으로 보기에는 말이다.

"다행이다."

"그런데 연아야."

"응?"

연아가 어느 정도 안정을 찾을 때였다. 지금 말해야 설득력을 가질 거라 생각했음일까? 재중이 단도직입적으로 말을 꺼냈다.

"혼자서 힘들게 마켓 운영하지 말고 좋은 사람들에게 처분하고 나와 같이 한국으로 가자."

"오빠······."

나직이 하는 말이었다.

여자의 직감이거나 육감일까. 연아는 재중이 현재 자신의 상황을 다 알고 있는 것처럼 느껴졌다.

"밥도 못 먹고 힘들어하는 거 보기 안쓰러워서 그래."

"오빠, 혹시 전동수 그 사람이 말했어?"

"아니. 내가 이곳에 가이드해 준 분에게 부탁했어. 너 어떻게 사는지 좀 간단하게 알아봐 달라고. 그래서 알게 된 거야."

"······."

재중의 말에 연아가 조금 화가 난 듯한 표정을 지었지만 곧 풀린다.

자신을 걱정해서 그랬다는 것을 알기에 계속 화를 낼 수 없었던 것이다.

"힘든 건 맞아."

차마 친오빠인 재중에게까지 거짓말을 할 수 없었는지

연아가 솔직하게 말했다.

"하지만 포기하고 싶지도 않아. 여기는 나를 지금까지 키워준 분들이 남긴 마지막 흔적이야."

정말 진심이었다.

재중에게도 그런 연아의 진심이 충분히 전해졌으니 말이다.

하지만 그러기에는 재중이 안심이 되지 않는 것도 사실이다.

"전동수라는 사람, 너에게 마켓을 팔라고 협박했지?"

"…아, 아니야. 그런 일 없어."

차마 재중의 얼굴을 보고 거짓말을 할 수 없었는지 연아가 고개를 돌렸다.

재중은 연아의 머리를 쓰다듬으면서 말을 이었다.

"난 이곳을 버리라고 하지 않아. 그분들이 없었다면 연아가 이렇게 훌륭하게 자라지 못했을 테니 말이야. 하지만 그래서 걱정이야. 네가 앞으로도 계속 일에 치여 살아가야 할 테니 말이야."

"괜찮아, 난."

연아는 끝까지 괜찮다고 하지만 재중은 그렇지 않다는 걸 알고 있다.

남매이기에 더욱 민감한 것인지는 알 수 없지만 재중에

게는 지금 연아가 한계까지 억지로 버티고 있는 것이 느껴
졌다.

재중은 그래서 더욱 설득을 포기할 수가 없었다.

"너를 키워주신 분들이 네가 일에 치여서 힘들게 살아가
는 걸 바라실까?"

뜨끔!

연아는 재중의 방금 그 말에 자신도 모르게 가슴이 따끔
거렸다.

사고로 죽기 전까지 양부모는 연아에게 좋은 남자 만나
서 제발 시집가서 잘사는 모습을 보여달라고 했다.

하지만 연아는 이미 늙어서 마켓 운영도 점점 힘들어하
는 양부모를 두고 시집가는 것은 있을 수 없는 일이기에 억
지로 괜찮다고 고집을 부렸다.

그런데 똑같은 말을 재중에게서 듣자 연아도 흔들리는
것이다. 어쩔 수 없는 일이었다.

"세상에 자식이 행복하게 살기를 원하지 않는 부모는 없
어. 그리고 그건 나도 마찬가지야. 나도 네가 이제 좋은 사
람 만나서 결혼도 하고 행복하게 살았으면 한다."

재중의 말에 결국 눈물을 흘린 연아는 재중을 보면서 말
했다.

"하지만… 여긴 나를 키워주신 분들의 모든 것이 담긴 곳

이야."

"알아, 나도. 그래서 더더욱 그분들에게 네가 행복하게 잘사는 모습을 보여줘야 하지 않겠니? 난 그분들이 자신의 마켓을 이어가기 위해 너를 데려다 키워주었다고는 생각하지 않아. 그렇지 않니?"

"……."

재중의 말이 하나도 틀린 것이 없기에 뭐라고 대답할 수가 없었다.

연아도 자신도 알고 있었다.

지금 마켓에 집착하는 것은 그저 고집이라는 것을 말이다.

재중이 내민 손을 덥석 잡지 못하는 것도 재중에게 미안한 마음도 있지만 어쩔 수 없는 고집이기도 했다.

다른 사람이 이런 말을 했다면 연아가 이렇게까지 흔들리지 않았을 것이다.

자신의 핏줄, 그리고 지금까지 자신을 찾아 해맨 오빠이기에 흔들리는 연아였다.

"지금 당장 결정하라는 말은 아니야. 하지만 난 그분들의 바람대로 연아 네가 행복하게 살았으면 해."

"오빠……."

결국 재중의 진심 어린 설득에 연아도 어쩔 수 없는 듯 조용히 고개를 끄덕였다.

"알았어. 하지만 처분할 것이 많아. 그리고 날 키워주신 분들을 한국으로 모시고 가고 싶어."

"응? 아, 그건 당연하지."

연아를 키워준 분들도 한국 사람이었다.

어떤 이유 때문인지 모르지만 이민을 왔고, 이곳 땅에 묻히긴 했지만 말이다.

아마 연아도 자기 고집 때문에 그분들의 유골을 가지고 한국으로 간다고 말하진 않았을 것이다.

속 깊은 아이가 그런 쓸데없는 고집을 피웠을 리는 없다고 생각하는 재중이다.

그리고 재중의 그런 생각은 정확했다.

교통사고로 응급실에서 죽기 직전 연아는 그분들의 마지막 유언과 같은 말을 아직도 생생하게 기억하고 있었다.

'바다가 보이는 고향을 마지막으로 보고 싶었는데' 하신 유언을 말이다.

그래서 연아도 여유가 되면 한국으로 찾아갈 생각이었다.

자신을 키워준 분들이 태어나고 자란 고향 강릉으로 말이다.

어쩌다 재중 때문에 그 시일이 앞당겨지긴 했지만 재중

을 따라간다면 언제 다시 알래스카에 돌아올 수 있을지 모르니 유골을 모시고 갈 생각이다.

"그럼 네가 한국으로 오는 동안 이 사람이 도와줄 거야."

"응?"

재중이 뜬금없이 소개해 준 사람 때문에 연아는 재중을 물끄러미 쳐다보다 조금 놀란 표정을 지었다.

같은 여자가 봐도 굉장한 미녀가 재중 옆에 있었기 때문이다.

"누구야?"

"전에 나 여기 가이드 해줬던 분이야."

─안녕하세요. 전 테라예요. 재중 씨 부탁을 받고 안전하게 한국으로 돌아가는 모든 일을 도와드릴 거예요.

"네? 아, 네. 고맙습니다, 테라 씨."

얼떨결에 테라의 환한 미소에 넘어가 버린 연아가 인사하자 마치 전부터 잘 알고 지낸 것처럼 테라가 살갑게 대했다.

연아도 처음에는 어색한 면이 있었지만 의외로 대화가 잘 통하는 듯하자 금방 친해진 느낌에 환하게 웃었다.

마음이야 재중이 끝까지 남아서 연아의 모든 절차를 도와주고 싶지만, 그랬다가는 연아가 화낼 테니 테라를 가이드로 속여서 곁에 붙여두기로 했다.

패밀리어보다 테라가 몇 배는 더 안심이 되었으니 말이다.

카페에서 사용하는 커피 원두 정도는 흑기병을 통해 꺼내도 되기에 명령이 아닌 부탁을 하자 테라도 흔쾌히 받아들였다.

재중의 여동생을 작은 마스터라고 부르는 테라였으니 당연한 일이었다.

Chapter 12
천서영

"…테라 씨는 멀리 갔어요?"

"네? 아, 잠시 휴가 갔어요."

"휴가요? 아, 그럼 고향에 갔나 보죠?"

금발에 누가 봐도 외국인 얼굴인 테라는 생김새와 달리 너무나 유창한 한국어 때문에 여대생들뿐만이 아니라 간혹 오는 남자들에게도 인기가 많았다.

다만 재중은 그 사실을 오늘에서야 처음 알았다.

어떻게 된 것이 테라를 연아 옆에 두고 온 지 하루 만에 이런 질문을 수도 없이 받았기에 이제는 대답하는 재중도 지칠 정도다.

"테라 언니 인기 많은 거 모르셨어요?"

오히려 유혜림은 재중을 보면서 어떻게 그걸 모르고 있었는지 이해가 되지 않는다는 표정이다.

"그러게요."

반면 재중은 자신이 몰랐던 것에 어설프게나마 변명하는 게 전부였다.

하지만 어설픈 변명도 한두 번이다.

하루 종일 테라에 대한 질문을 받다 결국 견디지 못한 재중이 아예 눈에 잘 보이는 카운터의 메뉴판 가장 상단에,

테라는 현재 휴가 중.

이라고 크게 써놓고야 말았던 것이다.

하지만 그렇게 잘 보이게 글을 써놓았는데도 어째 오히려 재중을 향한 질문은 더 많아졌다.

"언제 와요?"

"테라 언니 고향이 어디예요?"

"며칠이나 휴가 받았는데요?"

라고 오는 사람마다 똑같은 것을 물어보아 재중을 하루 종일 괴롭혔고, 그런 끝없는 질문에 결국 블로그에 테라는

현재 휴가 중이니 질문 사절이라는 공지까지 띄우게 되었다.

그러고 나서야 재중은 수많은 질문에서 겨우 해방될 수가 있었다.

그런데 그런 수많은 질문이 오히려 재중에게는 이상한 고민을 만들어주었다.

"내가 테라한테 너무 무신경했나?"

테라가 카페에서 이렇게 인기가 많고 중심 역할을 했는지 전혀 모르고 있는 자신이 이상하게 느껴지기까지 했다.

물론 테라가 하자고 고집을 피워서 시작한 카페이긴 하다.

하지만 테라에게 그렇게 무신경하다고 생각해 본 적이 없는데 이번에 뜻하지 않게 테라의 휴가로 인해 그걸 처절하게 느껴 버렸으니 생각이 깊어질 수밖에 없었다.

"너도 내가 무신경하다고 생각하니?"

재중이 나직이 허공에 대고 말하자 흑기병이 어둠 속에서 모습을 드러내면서 대답했다.

─저와 테라는 한 번도 마스터께서 저희에게 무신경하다는 느낌을 받은 적이 없습니다.

마치 A/S센터에 문의하면 오는 답변처럼 딱딱한 말투였지만, 본래 흑기병이 말을 꾸미거나 하지 않는 것을 알기에 재중은 이해했다.

말은 저래도 저것이 진심이란 것을 알고 있으니 말이다.

"그런가? 하지만 왜 난 테라가 카페에 그렇게 중심적인 역할을 했는지 전혀 몰랐는지……."

—마스터.

흑기병이 천천히 걸어 재중의 곁으로 다가와서는 말했다.

—저는 모든 존재가 각자의 역할이 있다고 생각합니다. 마스터께서 저와 테라에게 명령을 내리시는 것이 역할이라면 저희는 마스터의 명령을 따라 행동하는 것이 역할입니다.

"알아. 그건 정말 고맙게 생각하고 있어, 나도."

얼떨결에 피의 각성으로 인해 인간의 몸을 가진 드래곤이 되어버린 재중에게 테라와 흑기병은 하늘의 선물이나 마찬가지였다.

그 힘들고 외로운 싸움을 견디게 해준 힘이자 원동력이니 말이다.

어쩌면 그래서 재중은 지구로 넘어와서 테라에게 최대한 자유를 주려고 했는지도 모른다.

흑기병도 몇 번 시도했지만 워낙에 앞뒤가 꽉 막힌 성격이라 재중이 먼저 포기해 버렸지만 테라는 달랐는지 자신보다 지구에 더욱 빠르게 적응하고 있었다.

―마스터께서 전에 이런 말을 하셨습니다. 저와 테라는 가족이라고 말입니다.

"그래, 난 너희를 가족이라고 생각해. 같이 생사를 넘나드는 경험을 하면서 수십 년을 함께 살아왔으니 가족이나 마찬가지지. 안 그래?"

재중이 흑기병의 말에 뭘 그런 것을 새삼스럽게 물어보냐는 듯 단호하게 말했다.

―가족이기에 믿는 것이지 않습니까? 저나 테라는 서로 표현 방법이 다를 뿐 마스터를 가족과 같이 지키고 모시는 겁니다.

"…후후훗. 그래, 내가 괜한 생각에 빠졌구나."

재중은 거의 말이 없는 흑기병이 이렇게까지 말이 많은 것에 조용히 고개를 끄덕이고는 자리를 털고 일어섰다.

그리고 자신의 이런 고민이 필요 없는 것이라고 말하는 흑기병의 모습에 왠지 그냥 웃어버렸다.

연아가 피를 나눈 가족이라면 테라와 흑기병은 생사를 나눈 가족이었다.

마음이 편해져서일까?

다음날에도 테라에 대해서 묻는 사람이 제법 있었지만 재중은 웃으면서 대답했다.

생각지 못한 손님이 온 것만 빼면 정말 평온한 하루였을 것이다.

"안녕하세요."

공손하게 인사하는 모습에 재중은 어쩔 수 없이 인사를 받았다. 하지만 뜻밖의 인물이 찾아온 것에 조금은 난감한 표정을 지었다.

그녀도 그런 재중의 표정을 읽었는지,

"제가 찾아온 게 실례가 되었나요?"

라고 말했다.

딱히 찾아온 사람을 박대할 수는 없기에 재중은 조용히 자신의 자리로 옮겼다.

"저 기억하시죠?"

조심스럽게 재중에게 물어보는 그녀는 많이 긴장한 모습이었다.

마치 면접을 앞두고 있는 응시생과 같이 말이다.

"네, 기억합니다, 천서영 씨."

천서영은 재중이 자신의 이름을 기억한다는 것이 기뻤는지 마치 면접에 합격한 사람처럼 환하게 웃음을 지어 보였다. 지금 천서영의 모습은 정말 한 송이 꽃이 막 피어나는 듯한 미모라 해도 과언이 아닐 정도였다.

전에 테라가 말한 것과 달리 상당한 미인이다.

오죽하면 카페에 들어오자 자연스럽게 사람들의 시선이 천서영 그녀에게 집중되었을 정도였다.

"많이 힘들었어요. 재중 씨에 대해서 아무리 물어봐도 할아버지도, 권 이사님도 알려주지 않았거든요."

재중은 자신을 찾아온 천서영을 보면서 복잡한 심경이었다.

웬만하면 천서영이 끝까지 자신의 존재를 모르길 바랐다.

지구에서 인맥과 인연을 쌓는 것이 얼마나 귀찮은 일을 만들 수 있는지 느낀 재중은 필요 이상의 인맥을 만드는 것을 꺼려 했다.

그리고 목숨을 구해준 인연이란 것은 상대방에게 얼마나 부담이 되는 것인지 이미 박인혜를 통해 느낀 바도 있었다.

그래서 일부러 천 회장과 권성진 이사에게 자신의 존재를 천서영에게 알리지 말아달라고 부탁까지 했었다.

물론 천서영이 자신을 찾지 않는다면 아마 영원히 모를 채 살아갈 수 있을 것이다.

반대로 천서영이 자신의 존재를 찾는다면 비밀이 오래가지 않을 것이라는 것도 알고 있다.

하지만 이렇게 빨리 자신을 찾아올 것이라고는 생각하지 않고 있었기에 의외의 만남이기도 했다.

"할아버지와 검예가에 계신 가주 할아버지에게 들었어요. 저를 살리기 위해 목숨을 걸었다는 것을요."

"…딱히 그런 것은 아닌데……."

틀린 말도 그렇다고 맞는 말도 아닌 말이 천서영의 입에서 나오자 재중은 난감한 표정을 지을 수밖에 없었다.

어쩌다 귀찮음을 피하려고 했던 거짓말이 점점 진실이 되어가고 있는 느낌을 받았으니 말이다.

수명을 소모해서 기 치료를 한다는 것은 그만큼 위험하고 멋대로 사용할 수 없는 것이니 소문내지 말아달라는 무언의 압박이었다.

한마디로 귀찮아서 그냥 입 다물어 달라는 뜻에서 했던 거짓말이 지금 와서 '그거 뻥이에요'라고는 절대로 말할 수 없는 상황이 되어버린 것이다.

"하아……."

재중은 그저 자신의 거짓말이 이렇게까지 진지하게 변해서 진실이 되어버리는 것에 나온 한숨일 따름이다. 한데 천서영은 재중의 한숨에 놀라면서 다급히 말했다.

"저, 절대로 누구에게도 말하지 않았어요. 제가 암으로 병원에 있었다는 것도 아는 사람이 거의 없기에 소문날 일도 없구요. 절대로 재중 씨에게는 피해가 가지 않을 거예요."

양손을 앞으로 내밀면서 적극적으로 걱정하지 말라고 말

하는 모습에 재중은 오히려 피식 웃어버렸다.

요즘 20대 여자 중에도 이렇게 순진한 여자가 있는가 하는 생각이 든다.

거기다 하물며 일반적인 여자도 아닌 천산그룹의 손녀이다.

재벌의 자식들은 막돼먹고 제멋대로에 자기 내키는 대로 살 것 같다는 생각을 가진 재중에게는 천서영의 모습이 오히려 색달라 보였다.

하지만 딱 그 정도가 현재 재중이 천서영에게 느낀 전부이다.

천서영을 이용해서 어떻게 해보려는 생각도 없고, 괜히 그런 식으로 재벌과 얽히는 것도 귀찮아서 싫은 재중이었다.

그나마 천산그룹과 인연을 이어오는 이유는 모두 연아 때문이다.

적당한 도움을 받을 수 있는 적당한 수준의 인맥 말이다.

여기서 더 가까워지면 필연적으로 재중이 귀찮아질 것이 뻔했다.

하지만 반대로 여기서 조금이라도 멀어지면 기껏 천서영을 치료해 준 보람이 없다.

그렇기에 나름 적당한 수준으로 도움 받을 정도만 관계를 유지한 것이다.

하지만 천서영이 나서면 상황이 달라질 수밖에 없다.

천 회장이나 권성진 이사와 달리 천서영은 재중에게 직접적으로 목숨을 구원받은 입장었다.

사실 재중이 천서영이 모른 채 살았으면 했다는 이유 중 하나가 바로 선입관 때문이기도 했다.

재벌은 건방지고 자기 잘난 맛에 산다는 건 드라마나 소설, 영화에서 보면 흔히 나오는 이야기다.

결론적으로 천서영은 생각과 달리 자기 잘난 맛에 사는 성격이 아닌 것 같아 보이기에 구해준 것이 잘한 일이라고 재중은 스스로 위안으로 삼았다.

"저기… 제가 바쁜 시간에 불쑥 찾아와서 죄송해요."

"아닙니다."

얼핏 잠깐만 주변을 살펴봐도 재중의 카페만의 유독 손이 많이 가는 특징을 알 수 있었다.

조금만 앉아 있어도 얼마나 바쁜지 눈에 보였다.

주문과 동시에 손님 테이블에서 원두를 직접 갈아서 커피를 내려주는 특이한 방식이기에 당연히 테이크아웃이나 손님이 직접 받아가는 셀프식의 여타 카페와는 완전히 다른 것이다.

거기다 지금 천서영이 찾아온 시간대가 하필 오후 4시쯤으로 카페가 가장 바쁜 시간이기도 했다.

"전 이만 가볼게요. 인사는 드려야 할 것 같아서 찾아온 거예요."

순진하기만 한 것이 아니라 제법 눈치도 있는지 알아서 일어선다.

천서영은 그렇게 아무 일 없다는 듯 조용히 카페를 벗어났다.

하지만 그렇게 골목으로 사라지는 천서영을 본 재중은 주머니에서 휴대전화를 꺼내 직통으로 천 회장에게 전화를 걸었다.

"방금 손녀분이 다녀갔어요."

천산그룹 천 회장에게 대놓고 이처럼 심드렁한 말투로 전화 걸 수 있는 사람은 아마 재중이 유일할 것이다.

그런데 전화를 받은 천 회장은 오히려 미안한 듯 답했다.

─허허허, 역시 그 녀석이 나를 닮아서 신세를 지고는 못 사는 성격이라서 말이네. 뭐 손녀가 실수한 건 없는가?

"아니요. 그런 것은 없는데요, 웬만하면 저를 찾아오는 것이 더 오래 걸릴 줄 알았는데 너무 빨리 찾아서요."

노골적으로 일부러 천서영을 부추긴 것이 아니냐는 듯 재중이 물어봤지만, 천 회장이 그렇게 호락호락한 사람은 아니었다.

단신으로 천산중공업이라는 작은 회사를 천산그룹이라

는 국내 1위 기업으로 만든 인물이 쉬울 리 없었다.

"난 끝까지 자네가 밝히지 않기를 원했다고 했지만 우리 집안 고집이 어지간해서는 꺾이지 않는 고집이라 나도 어쩔 수 없었다네."

"하아, 그냥 인사 온 걸로 저는 만족하니 이후는 적당히 알아서 해주세요."

찾아오면 내가 귀찮으니 더 이상은 그쪽에서 막아달라는 말이지만 천 회장은 재중의 그런 말에 난색을 표했다.

"쩝, 그런데 이를 어쩐단 말인가? 그 녀석은 우리 집안에서 유일하게 내 말이 안 통하는 녀석이라서 말이야. 뭐, 집안에서 딸이라고는 그 녀석 하나뿐이다 보니 너무 오냐오냐 키워서. 허허허허허."

"…그걸 자랑이라고 말씀하시는 건 아니시겠죠?"

뻔히 보이는 속셈에 재중이 조금 강하게 나가자,

"뭐… 우선 난 최대한 녀석을 다독이도록 하겠네. 어차피 몸도 낫고 했기에 대학에 들어가야 하니 조만간 자네에 대해서는 잊을 걸세. 어쩌면 말이지."

말꼬리를 흘리는 천 회장의 모습에 재중은 한숨이 저절로 나왔다.

어차피 천서영이 알아내려고 하면 알 수 있을 것이라 예상한 일이니 그건 크게 상관은 없었다. 하지만 천 회장이 은연중에 천서영을 부추겨서 자신에게 온 것 같다는 느낌이 들었기에 일부러 전화를 한 것이다.

그런데 지금 통화를 하다 보니 딱히 천 회장이 천서영을 부추긴 것 같진 않아 보인다.

하지만 그렇다고 완전히 부추기지 않은 것 같지도 않았다. 한숨이 나오는 이유이다.

재벌 그룹을 일으킨 천 회장은 노련하게 사람의 심리를 이용할 줄 안다. 부추기지 않은 듯하면서도 부추겨서 천서영이 재중을 찾아오게 했다는 게 거의 확실했다.

짐작일 뿐이지만 이유는 간단했다.

자신의 존재가 곁에 가까이 있을수록 요긴하다고 느꼈을 것이다.

하지만 그런 것보다 재중이 지금 살짝 불안한 것은 천서영을 보면서 은연중에 느낀 것 때문이다.

"아, 왠지 귀찮은 일이 벌어질 것 같은데……."

그냥 느낌일지도 모르지만 천서영으로 인해 왠지 귀찮은 일이 생길 것 같은 느낌이 너무나 강하게 들었다.

어쩌면 재중의 몸속에 흐르는 드래곤의 피가 민감하게 반응한 건지도 모르지만 말이다..

Chapter 13
삼촌

"와! 이게 오빠 거야?"

"응. 괜찮아 보여?"

연아는 정확하게 15일 만에 살던 집과 마켓을 모두 처분하고 죽은 양부모의 유골을 가지고 한국으로 들어왔다.

물론 테라가 모든 능력을 발휘해서 좋은 가격에 팔아서 나름 생각보다 많은 돈을 챙기긴 했지만 그 돈은 연아의 몫으로 재중은 일체 관심도 없었다.

연아가 한국으로 들어와 가장 먼저 한 것은 강릉으로 찾아가 양부모님의 유골을 바다가 보이는 곳에 묻어주는 것이었다.

연아도 한국에 와서야 알게 되었는데 양부모에게 형님이 있었다.

그분이 아직도 고향에 살고 있었기에 유골을 묻어주는 것은 의외로 빠르고 간단하게 해결이 되었다.

다만 이민을 갔다가 소식이 끊긴 동생이 죽은 뒤 뼈만 돌아왔다는 슬픈 소식을 전하긴 했지만 말이다.

그리고 다시 같이 돌아와 처음으로 재중이 운영하는 카페를 보고는 감탄사만 내뱉는 연아를 흐뭇하게 쳐다보는 재중이다.

다른 사람은 상관없지만 여동생에게만큼은 자랑스럽고 의지할 수 있는 오빠가 되고 싶은 게 재중의 유일한 욕심이었다.

지금만큼은 테라의 말대로 카페를 한 것을 참 잘했다고 생각하는 중이다.

"응? 테라 씨도 여기서 일해요?"

―아, 원래 재중 씨 카페에서 일하면서 틈틈이 가이드도 했어요. 이제 더 이상 가이드를 할 필요가 없을 뿐이지만요. 호호호호호홋!

갑작스런 연아의 질문에 테라는 그냥 생각나는 대로 둘러댔는데 의외로 잘 먹혀든 듯했다.

"그럼 앞으로도 계속 볼 수 있겠네요? 다행이에요."

연아는 재중이 가고 테라와 함께 여러 가지 일을 처리하면서 많이 친해진 상태였다.

이왕이면 자신도 한국에서 새로 시작해야 되는 상황에 그나마 친한 테라가 같이 있어준다는 것이 왠지 안심이 되는 것이다.

반면 테라는 재중을 한 번 슬쩍 보면서 말했다.

―마스터, 의외로 잘 먹혔어요.

'뭐, 설마 그런 말을 믿을 줄은 나도 몰랐다.'

누가 봐도 엉성한 테라의 거짓말을 그대로 믿어버리는 연아였다.

그리고 덕분에 재중은 연아에 대해서 한 가지 알 수 있었다.

'너무 순진해. 교육이 필요하겠어.'

사람이 적은 알래스카에서도 사기치고 혼자인 연아를 노리는 녀석이 많았는데 이곳 한국은 어떻겠는가?

자신도 길거리 생활을 하면서 정말 세상이 얼마나 지독하게 냉정하면서도 무서운지 느끼면서 살아남았다.

하지만 연아는 운 좋게 좋은 양부모를 만나 잘 자랐으니 세상이 무섭다는 것을 전혀 모르고 있는 것이다.

알았다면 이민 브로커에게 시달리지도 않았을 것이다.

"너도 한동안 이곳에서 일하면서 카페를 어떻게 하는 건지 배워서 나중에 독립해 봐."

"응? 내가 카페를?"

연아는 재중의 말에 놀라면서 다시 한 번 재중의 원목으로 지어진 3층짜리 건물을 바라봤다.

사실 연아도 이런 멋진 카페가 욕심이 나긴 했다.

사실 여자라면 카페를 하면서 커피와 함께 살아가는 것이 나름 낭만적이고 괜찮았다.

실제로 재중의 카페를 찾아오는 손님 중에서 나중에 재중에게 지점을 낼 생각이 없냐고 물어보는 경우도 제법 많았다.

카페를 좋아하는 여자이기에 카페를 여자인 자신들이 하기에 가장 괜찮은 직종이라고 생각하고 있는 것이다.

실제로도 프랜차이즈로 크고 비싸게 하는 카페가 아닌 작은 소규모 카페는 여자가 직접 하는 경우가 많았다.

우선 크게 손이 가지 않으면서도 나름 적당한 가격대를 유지하는 마지노선이 있기에 일정한 수입이 보장되는 편이다.

물론 그런 것도 요즘은 너무 많아서 포화상태이지만 말이다.

하지만 카페가 여자들의 로망인 것은 사실이다.

"내가 분점 하나 내줄게."

재중이 당연한 듯 말하자 연아는 오히려 그런 재중을 보면서 핀잔을 주었다.

"피이! 오빠가 무슨 돈이 있다고? 지금 이것만 해도 최소한 몇 억 이상은 들었을 텐데. 안 그래?"

핀잔을 주긴 했지만 틀린 말도 아니다.

마켓을 운영한 집안에서 자라서 그런지 확실히 순진한 성격과 달리 보는 눈은 제법 정확했다.

실제로 재중이 지은 원목 3층짜리 카페는 최소 4억 이상 필요한 것이 맞았다.

다만 자재비를 빼고 모든 인테리어와 건축을 재중과 혹기병, 그리고 테라가 했기에 실제는 2억 정도 들었지만 말이다.

"녀석, 그 정도 돈은 있으니 걱정하지 마라."

"됐어. 나도 그 정도 돈은 있으니까 오빠한테 부담되긴 싫어. 하지만 일하는 것은 확실하게 배우고 싶어."

"그래, 마음대로 해. 지하에 방 있으니까 우선 그곳에서 지내도록 해."

"지하? 이 건물에 지하까지 있어?"

"응. 그럼 내가 어디서 자겠어?"

설마 3층 원목으로 지은 건물에 지하가 있을 것이라고는 생각지 못한 연아였다.

카운터를 통해 지하로 내려가 눈으로 확인한 연아는 크게 놀라워했다.

"와, 말도 안 돼. 어떻게 지하가 이렇게 깨끗하고 깔끔하지?"

연아가 페어뱅크스에서 살던 저택도 지하실이 있긴 했다.

하지만 그건 창고나 대피소 용도이지 사람이 사는 곳은 아니었다. 때문에 지하라면 어둡고, 춥고, 축축할 거라 생각한 것이다.

"나름 지낼 만하지?"

재중은 별것 아니라는 듯 말했지만 연아는 오히려 멍하니 재중을 보면서 추켜세웠다.

"최고다, 오빠."

추운 알래스카에서 살던 연아였다.

알래스카는 춥긴 했지만 공기만큼은 깨끗했다.

한국에 와서 가장 먼저 연아를 괴롭힌 것은 바로 공기였다.

스모그에 매연 가득한 공기가 평생 알래스카의 페어뱅크스에 살던 연아에게는 쉽사리 적응하기 힘들었다.

그런데 재중의 지하는 마치 알래스카에 다시 돌아온 듯

맑고 깨끗했다. 그 공기가 마음에 든 연아다.

그도 그럴 것이 카페 건물 중에서 지하는 재중이 잠자는 곳이라고 테라가 특히나 신경 써서 마법으로 완전 도배를 했으니 어쩌면 당연했다.

공기 정화부터 온도 유지, 습도와 함께 바깥의 날씨에 따라 자동으로 모든 것이 조절되는 시스템을 모두 마법으로 만들어놓았다.

거기다 재중의 카페는 전기까지 자가 발전 형식이다.

카페 지붕에 있는 작은 태양열 전지판은 그저 눈요기용으로 있을 뿐이고 실제로 카페 건물에서 필요한 모든 전기는 지하에 테라가 가장 심혈을 기울인 마법진에서 만들어 내고 있었다.

만약 그럴 일은 없겠지만 전 세계가 정전이 돼도 재중의 카페는 절대로 불이 꺼질 일이 없었다.

그리고 무엇보다 지하 바닥 전체에 보이지 않게 숨겨진 마나를 활성화시키는 마법진은 아무리 피곤해도 하룻밤 자고 나면 완전히 회복되는 곳이기도 했다.

"오빠, 고마워."

"녀석, 고맙긴."

환하게 웃으면서 고맙다고 말하는 연아의 모습에 재중은 살며시 머리를 쓰다듬어 주었다.

비록 좀 늦긴 했지만 지금이라도 연아가 행복하게 살아가는 것을 지켜보면 되는 것이다.

자신이 옆에 있는 한 절대로 그렇게 만들겠다고 다짐하는 재중이다.

그리고 다음날부터 연아는 곧바로 카페에서 일을 배우기 시작했다.

아니, 정말 엄청난 열정적으로 일을 시작하려고 했다.

그런데 그런 연아에게 최대 장벽이 생겨 버렸는데 바로 언어였다.

"오빠, 한국말 진짜 어렵네."

여덟 살에 영어권 알래스카로 입양 간 연아가 한국말을 잘한다면 오히려 그게 이상한 일이다.

물론 양부모가 한국 사람이긴 했지만 어린 연아는 학교를 다니면서 친구들과 어울리면서 당연히 영어를 먼저 배우게 되었으니 영어에 익숙하게 된 것은 당연했다.

거기다 양부모도 연아가 알래스카로 입양왔기에 앞으로도 계속 이곳에서 살 것이라 여기고 원하지 않는 한 굳이 한국어를 억지로 가르치지도 않았다.

연아가 원하면 가르쳤겠지만 아직 어린 연아가 그런 것을 알 리가 없으니 모른 채 그렇게 세월이 지나 한국어를 거의 잊어버린 것이다.

하지만 이제 다시 한국에서 살아야 하니 어쩔 수 없이 연아는 한국어를 배워야만 했다.

그런데 세계에서 가장 어려운 언어로 한국어가 선정된 적이 있다.

물론 영어권의 나라에서 뽑았기에 어느 정도 그런 특성을 감안해야겠지만, 영어와 달리 한국어는 한 가지 뜻에 대한 어휘가 다양하고 한자를 기반으로 하는 점이나 문장의 구조, 구문, 동사의 활용이 영어와 달라 영어권 사람들이 가장 어렵다고 뽑은 것이다.

그 결과 지금 연아는 카페에서 일을 배우는 것과 동시에 'ㄱㄴㄷ'을 새로 배워야만 했다.

—마스터, 제가 작은 마스터를 조금 도와드려도 될까요?

아무래도 나이 스물여덟 살에 다른 나라 언어를 배우는 것이 쉽지 않았다.

가장 기본적인 것부터 새로 시작하면서 힘들어하는 연아를 본 테라가 재중에게 슬쩍 부탁하자 재중이 고개를 끄덕였다.

—그럼 그냥 일시적으로 뇌의 활용을 높이는 마법을 쓸게요. 한국어를 배울 때까지만요.

"뇌에 부담이 가는 건 아니겠지?"

아무래도 뇌에 마법을 사용하는 것이기에 살짝 걱정스러

운 마음에 재중이 물어보았다.

테라는 싱긋 웃으면서 허리에 손을 올리더니 자신만만하게 말했다.

—마스터, 전 드래곤의 지식을 모두 가진 마도서예요. 호호호홋, 이미 대륙에서 인간을 상대로 수백 번의 실험까지 끝난 마법이니 걱정하지 마세요. 그리고 기억력만 살짝 올려주는 것이기에 뇌에 크게 부담도 없으니 걱정 마시고요.

"알았다."

그렇게 재중이 인정하자 테라는 슬쩍 연아의 곁으로 다가가더니 아무도 몰래 그녀의 어깨에 손을 얹으면서 마법을 걸었다.

이 순간부터 최소 몇 달 안에 한국어를 모두 익힐 수 있을 만큼만 말이다.

물론 연아가 한국어를 모두 익히게 되면 마법은 자연스럽게 사라지도록 했으니 달리 살펴볼 필요도 없었다.

—마스터.

"응?"

—원두가 거의 떨어졌어요. 아무래도 이번에 마스터께서 직접 가서 원두를 보고 가져오셔야 할 것 같아요. 저번에 믿고 시켰더니 아주 거지 같은 원두를 줘서 제가 한바탕했거든요.

"그래? 뭐, 알았다."

어차피 카페에서 재중이 하는 일은 없었다.

수능 대비 공부를 하긴 하지만 어차피 복습의 의미밖에 없기에 카페에서 현재 재중은 딱 놀고먹는 사장 그 이상도 그 이하도 아니었다.

그나마 원두도 테라가 알아서 구했는데, 얼마 전에 믿고 시킨 원두가 너무 엉망인 것이 와서 아주 난리를 친 적이 있기에 이번에는 재중이 직접 가서 사오라고 한 것이다.

실제 원두를 볶는 것은 재중이 직접 수망(기계가 아닌 사람이 커다란 냄비에 원두를 볶는 가장 기본적인 기술)으로 했기에 원두 보는 눈은 테라 못지않았다.

가장 바쁜 시간대인 지금 테라가 빠지면 또다시 전처럼 테라를 찾는 사람들의 질문에 시달릴 것이 뻔했기에 순순히 재중이 가기로 했다.

차라리 원두 사러 가는 편이 속 편했다.

"차를 한 대 사야 하나."

재중은 원두를 살 때 한 번에 통으로 수십 통을 사기에 사실상 우선 눈으로 원두를 확인만 하고 포장 배달시키면 그만이다.

한마디로 널널한 일인 것이다.

"어? 자네가 오고 별일이네?"

원두 도매상을 하는 조지훈이 놀라워 말했다. 처음 카페를 한다고 원두를 사 갔을 때 외에는 처음 보는 재중이 직접 매장에 왔기 때문이다.

물론 한 번 보고 기억할 만큼 재중의 얼굴이 너무 잘생겼다는 것도 어느 정도 이유로 작용했다.

하지만 그보다는 테라 때문에 잊으려야 잊을 수가 없기도 했다.

"아, 저번에는 정말 미안했네."

먼저 사과하는 조지훈의 모습에 재중은 그저 싱긋 웃으면서 괜찮다고 했다.

나중에 사정을 살펴보니 배달하는 과정에서 사고가 있었기에 원두가 그 모양이 되었던 것이었다.

"이번엔 직접 보고 사려고?"

"뭐, 그렇죠. 어차피 전 얼굴사장이니까요."

재중이 넉살 좋게 농을 건네자 조지훈이 웃으면서 답했다.

"뭐, 자네 정도면 얼굴사장 할 만하지. 안 그런가? 거기다 미화여대 가장 핫한 카페의 주인인데 말이야."

사장과 가볍게 농담을 주고받은 재중이다. 원래부터 좋은 물건을 파는 사람이기에 재중은 별다른 고민 하지 않고 원두 50통을 주문했다.

여러 가지 원두가 있고 포장 방법도 제각각이지만 재중은 오크 통으로 불리는 둥근 나무통에 들어 있는 원두만 고집했다.

특히나 재중이 찾는 오크통은 통 무게만 50킬로그램에 실제 들어가는 용량은 400리터가 넘는 크기였다.

대충 계산해 봐도 50통이면 최소 2만 리터이다.

오크통이 본래 와인이나 술을 만들기 위해 만들어진 통이기에 리터로 용량을 표시하지만 400리터라면 400킬로그램이라고 생각해도 무난했으니 엄청난 양이다.

"역시 자네는 한 번에 주문하는 양이 엄청나단 말이야."

실제로 카페 한 곳에서 재중처럼 매번 50통씩 주문하는 경우는 극히 드물었다.

웬만큼 장사가 잘되지 않고는 50통의 물량은 몇 년을 팔아도 못 파는 양이었다.

하지만 재중은 몇 달에 한 번 정도로 매번 50통씩 주문했고, 어쩔 때는 100통을 주문할 때도 있었기에 조지훈에게는 VIP 고객인 셈이다.

물론 재중이 직접 원두를 볶기 때문에 볶으면서 상한 것이나 품질이 떨어져서 버리는 원두도 제법 많은 편이긴 했지만 확실히 많은 양이다.

"수고하세요."

가볍게 인사를 하고 나온 재중이 카페로 다시금 걸음을 옮겼다.

한데 몇 걸음이나 걸었을까? 재중이 잠시 멈춰서 곰곰 생각에 빠지더니 마음먹은 듯 한마디 했다.

"운전면허를 따야겠어."

여동생도 찾고 여러 가지 복잡한 일도 어느 정도 정리가 되어가자 그동안 몰랐던 불편함이 하나씩 눈에 보이기 시작했다.

재중은 가장 먼저 자신이 운전면허증 하나 없다는 것을 깨달았다.

카페야 전희준에게 맡기고 테라가 있기에 크게 걱정하지 않지만, 앞으로 대학도 다녀야 하고 테라가 고집부리는 S대를 가려면 버스나 지하철로 거의 한 시간 넘게 움직여야 했다.

몇 가지 떠오르는 불편함에 재중은 운전면허를 따야겠다고 마음먹었다.

무엇보다 연아도 운전면허가 있고 무사고 운전이 5년이 넘는다는 것을 알았는데 오빠인 자신이 운전면허가 없다고 생각하니 왠지 낯이 서지 않는 느낌이다.

"그래, 내일 당장 운전면허를 따자."

자동차야 적당히 쓸 만한 중고차 하나 구입하면 되었으니 걱정할 것이 없었다.

그렇게 뜻하지 않게 재중이 이곳으로 와서 처음으로 무언가 해보고 싶다는 생각을 하면서 천천히 길을 걸어가던 중이었다.

재중이 돌연 걸음을 멈추더니 한곳을 응시한 채 한동안 움직이지 않았다.

얼마나 그렇게 한곳만 응시했을까?

한참을 쳐다보던 재중의 얼굴이 천천히 일그러지기 시작했다.

"잊고 있었구나. 저 인간의 존재를."

재중이 멈춰 서서 쳐다보고 있는 곳에는 60대 초반으로 보이는 남자가 제법 비싸 보이는 차에 천천히 올라타는 중이었다.

길거리에 멈춰선 재중은 그 남자의 모든 것을 기억하려는 듯 차가 떠나서 시야에서 사라질 때까지 한참을 그렇게 서 있었다.

"크크크큭, 역시 한국 땅은 좁아. 정말 너무 좁단 말이야. 크크크크큭."

혼자 살기 진한 웃음을 흘리던 재중이 나직하게 불렀다.

"혹기병."

―네, 마스터.

사람들이 많기에 모습을 드러내지 않았다. 다만 그림자가 아주 살짝 흔들리면서 대답이 들려왔다.

"방금 내가 쳐다본 그 차를 쫓아가서 모든 것을 알아내라. 모든 것을."

나직하게 곱씹는 재중의 말투에 흑기병도 뭔가 있다는 것을 느꼈는지 곧바로 움직였다.

―네, 마스터.

그리고는 살짝 흔들린 그림자가 땅속으로 스며들 듯 사라져 버렸다.

"여기서 이렇게 만날 줄은 몰랐군요, 삼촌. 크크크크큭."

조금 전 재중이 길을 가다가 우연히 본 60대의 뚱뚱한 남자, 그는 바로 재중과 연아를 키우겠다고 갑자기 나타났다가 재산을 모조리 빼돌리고 고아원에 버린 삼촌이라는 작자였다.

고아원 원장이던 최태식이 그냥 원수라면 삼촌이라는 인간은 철천지원수나 다름없었다.

모든 불행과 아픔의 시작이 바로 그로 인해 시작되었으니 말이다.

"살아 있어줘서 너무나 고맙습니다. 너무나도. 크크크크큭, 크크크크큭."

고아원 원장인 최태식만큼이나 삼촌이라는 인간이 살아 있다는 것이 너무나 고마운 재중이었다.

그리고 방금 그가 타고 간 차가 나름 고급 차라는 것도 알고 있기에 더더욱 고마웠다.

유산을 빼돌리고 그것도 모자라 조카들까지 고아원 앞에 쓰레기 버리듯 버린 작자가 너무나 잘살고 있는 모습을 보았기에 말이다.

"부숴 버리는 재미가 있겠어. 크크큭, 산산이 부숴 버리는 재미가 말이야. 크크큭."

뜻하지 않은 만남.

그동안 연아를 찾기 위해 기억 속에서 의도치 않게 잠시 잊었던 삼촌의 존재였다.

하지만 단지 숨겨져 있었을 뿐, 재중의 가슴 깊은 곳에서 끓어오르는 살기를 억누르기 위해 노력해야 할 만큼 여전히 강렬하게 남아 있던 것이 다시 떠오른 것이다.

『재중 귀환록』 3권에 계속…

백미가 新무협 판타지 소설

FANTASTIC ORIENTAL HEROES

천선지가

불의의 사고로 죽은 청년 이강
그를 기다린 것은 무림이었다!

어느 날
그에게 찾아온 운명,
천선지서.

각인 능력과 이 시대엔 알지 못한 지식으로
전생에서 이루지 못한 의원의 꿈을 이루다!

『천선지가』

하늘에 닿은 그의 행보가 시작된다!

FUSION FANTASTIC STORY
월문선 장편 소설

화려한 귀환

머나먼 이계의 끝에서
다시 돌아온 남자의 귀환기!

『화려한 귀환』

장점이라고는 없던 열등생으로 태어나,
학교에서 당하는 괴롭힘을 버티지 못하고
자살이라는 극단적인 선택을 하게 된 남자, 현성.

"돌아왔다……. 원래의 세계로!"

이계에서 죽음을 맞이하게 된 현성은
자신을 죽음으로 내몰았던 현실 세계로 돌아오게 된다!

고된 아픔들, 그리웠던 기억들.
모든 것을 되살리며 이제 다시 태어나리라!

좌절을 딛고 일어나 다시 돌아온
한 남자의 화려한 이야기!
이보다 더 '화려한 귀환'은 없다!

Book Publishing CHUNGEORAM

유행이 아닌 자유추구 -
WWW.chungeoram.com